AF176142

Petra Weise

Ein Jahr
im Mehrfamilienhaus

Roman

Bibliografische Information der Deutschen Nationalbibliothek
Die Deutsche Nationalbibliothek verzeichnet diese Publikation in der Deutschen
Nationalbibliografie; detaillierte bibliografische Daten sind im Internet über http://
dnb.dnb.de abrufbar

Titelbild: swFoto
Herstellung und Verlag:
BoD – Books on Demand Norderstedt

ISBN 9-783753-490403

\-

Leben heißt Beobachten

Plinius der Ältere

Nur wer betrachtet,
lernt auch zu sehen.

Martin Gerhard Reisenberg

Inhalt

Januar

Zuerst packe ich die großen Figuren ein: mehrere Nussknacker, Bergmann und Bergengel, die seit dem ersten Advent im Fenster stehen. Der Bergmann steht für meinen Sohn, der Engel für meine Tochter, obwohl meine Tochter nun wirklich kein Engel ist. Äußerlich ähnelt sie eher einem Pferd mit ihrem langgezogenem Gesicht, den schmalen Schultern, den überbreiten Hüften und den dicken Schenkeln. Ich weiß nicht, von wem sie das hat. Von mir jedenfalls nicht! Auch ihre Haare sind hart wie die Mähne eines Pferdes und stehen wild nach allen Seiten ab. Vom Wesen her ist sie stur wie ein Esel und bellt wie ein nerviger Hund, weil sie ständig wütend ist. Wütend auf alles, was ich mache oder nicht mache und vor allem auf meine Traditionen, die sie für rückständig hält und mich als ewig Gestrige beschimpft.

Sicher bin ich nicht so, wie sich meine Tochter einen modernen Menschen vorstellt. Aber das ist mir gleichgültig. Ich bin Rentner und muss niemandem gefallen und kann machen, was und wann ich mag.

Und ich mag besonders die erzgebirgische Adventszeit mit ihren Räuchermännchen, Pyramiden, Schwibbögen und geschmückten Tannenzweigen.

Doch heute ist der 6. Januar und ich muss die ganze wunderbare Pracht wieder einsammeln, vorsichtig einwickeln, in Kisten verpacken und auf den Kleiderschrank wuchten. Besonders lange betrachte ich den Bergmann, den ich mir selbst zum Advent schenkte. Aber ich will nicht die Zeit vertrödeln und endlich fertig werden.

Als ich den Schwibbogen vom Fensterbrett heben will, sehe ich draußen im Hof Holm, der im Stockwerk über mir wohnt. Er räumt Koffer in sein Auto und will offenbar verreisen. Sein großer dunkelblauer BMW ist immer tiptop sauber und gepflegt. Der ganze Mann wirkt wie aus dem Ei gepellt, immer ordentlich frisiert, tadellos gekleidet mit Hose, Hemd, Jacke, Mantel und Hut. Nie läuft er ungepflegt herum in zerrissenen Jeans wie die jungen Leute heutzutage. Dabei hat er gar keine Frau, die sich um ihn kümmert, bei ihm putzt und seine Wäsche macht, sondern lebt allein. Holm ist mir der liebste Nachbar, ruhig und sauber. Und er feiert nicht, zumindest nicht in seiner Wohnung. Das ist mir sehr angenehm, weil ich ein gutes Gehör habe und es gar nicht mag, wenn man über meinem Kopf herumtrampelt.

In meiner früheren Wohnung lebte ein junges Paar über mir, das viel Sport machte. Ich weiß, dass ich das Hüpfen und Springen nicht hätte dulden müssen, doch ich wollte keinen Streit. Die Wohnung war derart hellhörig, dass ich jeden Schritt hörte, manchmal meine Deckenleuchte wackelte oder die Gläser in der Vitrine.

Holm dagegen verhält sich immer ruhig, grüßt freundlich und bleibt gern auf ein Wort stehen. Nicht jeder hat Lust, sich mit mir zu unterhalten, obwohl ich zu jedem freundlich bin, die Pakete annehme und die Blumen gieße, wenn sie im Urlaub sind. Die meisten gehen arbeiten und haben keine Zeit für einen Schwatz mit mir. Holm nimmt sich die Zeit. Er arbeitet bei der Sparkasse, ein wirklich feiner Herr.

Ich öffne das Fenster und rufe hinaus: „Wo soll's denn hingehen?"

Holm winkt mir freundlich zu und sagt, dass er leider demnächst ausziehen muss, was er sehr bedauert.

„Aber warum in Gottes Namen?"

„Die Bank schickt mich nach Amerika."

„Gibt es dort auch Sparkassen?"

„Aber ja! Ganz viele und besonders große."

Mir war schon immer klar, dass Holm schnell Karriere machen wird. Sogar nach Amerika schicken sie ihn, was mich sehr beeindruckt. Aber er wird mir fehlen.

„Kann ich etwas helfen?"

„Aber nein. Das regelt alles die Umzugsfirma."

„Wann kommt denn der Möbelwagen?"

„Nächste Woche schon."

Die Woche vergeht, doch die Umzugsfirma kam nicht. Ich habe mich extra beeilt, wenn ich mal kurz beim Friseur oder einkaufen war, um sie nicht zu verpassen. Leider habe ich Holms Handynummer nicht, weshalb ich ihn nicht anrufen und nach dem neuen Termin fragen kann. Ich will nicht, dass etwas schief geht und Holm unnötig lange auf seine Möbel warten muss. Wie lange dauert eigentlich so ein Transport über den großen Teich? Eine Woche oder gar drei?

Manchmal höre ich oben in der Wohnung das Telefon läuten. Vielleicht weiß einer seiner Freunde nicht, dass er fortgezogen ist. Nach Amerika.

Als das Telefon wieder klingelt, merke ich, dass gleichzeitig auch die Klingel an seiner Tür läutet. Schnell öffne ich das Küchenfenster und schaue hinaus. Draußen steht eine junge Frau, die besorgt abwechselnd nach oben und auf ihr Handy guckt. Weiß sie nicht, dass Holm befördert wurde und nun in Amerika lebt?

Ich möchte ihr helfen und rufe hinaus: „Guten Tag! Sie wollen zu Herrn Böhm?"

„Ja, aber er öffnet nicht."

Natürlich nicht, er ist in Amerika.

„Ich bin eine Kollegin", fügt sie hinzu.

Eine Kollegin? Das glaube ich nicht, denn als seine Kollegin wüsste sie, dass Holm befördert wurde und nun in Amerika lebt. Sie hat mich also angelogen, was ich überhaupt nicht vertrage. Am liebsten würde ich das Fenster sofort wieder schließen, doch das wäre unhöflich.

„Wissen Sie, ob er vielleicht krank ist?"

„Nein. Ich meine, ich weiß, dass er *nicht* krank ist."

„Aber wo ist er dann?"

Ich sage ihr nicht, dass er nach Amerika gegangen ist, aber ich sage ihr, dass er nicht mehr hier wohnt.

Irritiert und ziemlich bekümmert schaut mich die junge Frau an. Sie tut mir leid. Wer sie wohl ist? Wäre sie seine Kollegin, wüsste sie von seiner Beförderung. Wäre sie seine Freundin, wüsste sie es auch. Holm hatte nie Damenbesuch. Dabei ist er so ein feiner und kultivierter Mann. Er sieht auffallend gut aus und ist immer freundlich. Solch einen Mann wünscht sich jede Frau. Zum Essen ging er immer aus, was ich gut verstehen kann. Schließlich isst man nicht gern allein, es schmeckt nicht halb so gut wie in Gesellschaft. Ich kann das sehr gut nachvollziehen. Schon das Kochen ist mehr Last als Lust, weil sich der Aufwand für eine einzelne Person nicht lohnt. Ich bin mit einem Spiegelei auf Brot oder mit zwei Kartöffelchen zufrieden. Aber so ein junger Mann braucht kräftige Kost, zum Beispiel ein Schnitzel mit Bratkartoffeln oder ein Steak mit Speckbohnen.

*****

Eine Woche später komme ich bepackt vom Einkauf. Viel brauche ich nicht, doch heute habe ich einen Ritterstern mitgebracht und hoffe, dass die Blüten aufgehen. Seit die Tannenzweige weg sind, sieht meine Stube direkt kahl aus.

An der Haustür muss ich den Topf und die Tasche absetzen, um den Schlüssel herauszunehmen und aufzusperren. Plötzlich stehen zwei Polizisten neben mir, einer links und einer rechts.

„Zu wem wollen Sie?"

„Gehen Sie in Ihre Wohnung!", bellt einer der Männer.

Nun hört sich doch alles auf! Ich werde wohl noch fragen und eine Antwort erwarten dürfen! Als ich aufgesperrt habe, gehen die Uniformierten forsch an mir vorbei und ich denke noch so, dass sie mir den Vortritt lassen müssten. Schließlich bin ich mehr als doppelt so alt wie sie.

Ich lausche in den Hausflur und höre zuerst mehrfaches Klingeln und dann lautes Schlagen gegen Holz.

„Polizei! Öffnen Sie die Tür!"

Sie klopfen eindeutig gegen Holms Wohnungstür.

Wann kommt die Polizei ins Haus? Immer bei einem Todesfall. Vermutlich ist jemand aus Holms Familie gestorben.

Eilig steige ich die Treppen hinauf und sage den

Beamten, dass Herr Böhm jetzt in Amerika lebt."

„Hat er Ihnen das gesagt?", fragt einer der Polizisten und schiebt mich zurück zum Treppenabsatz.

„Natürlich hat er das!", gebe ich empört zurück. Glaubt der Mann, ich denke mir so etwas aus?

„Wann?"

Was meint er mit wann? Wann er befördert wurde? Oder wann er umgezogen ist?

„Wann haben Sie ihn zuletzt gesehen?"

„Vor fast zwei Wochen. Freitag war´s, das weiß ich noch. Da ist er weg, hat noch Koffer in sein Auto getragen."

„Koffer sagen Sie? Nach Amerika wollte er?"

„Fragen Sie doch bei seiner Bank!", empfehle ich. „Die wissen, wo er jetzt arbeitet."

Die Männer werfen sich einen verstehenden Blick zu.

„Mich wundert nur, dass der Möbelwagen noch nicht hier war."

„Welcher Möbelwagen."

„Herr Böhm hat nur Kleider mitgenommen, die Möbel sollten später abgeholt werden, eigentlich bereits letzte Woche. Doch bis jetzt war der Möbelwagen noch nicht hier."

Holm wird seine Möbel brauchen.

„Besitzen Sie einen Schlüssel zur Wohnung?"

„Nein. Was ist denn passiert? Ist jemand aus seiner Familie gestorben?"

Wieder schauen sich die zwei Männer an und einer

sagt: „Nichts ist passiert."

Mir ist schleierhaft, was die Polizei von ihm will. Er hat mit Sicherheit nichts Unrechtes getan. Auf gar keinen Fall. Doch ich komme nicht mehr dazu, das klarzustellen.

„Wir haben hier nichts mehr zu tun. Gehen wir!", fordert einer der Männer.

„Was wollen Sie denn von Herrn Böhm?"

Doch darauf erhalte ich keine Antwort.

Was kann die Polizei nur von Holm gewollt haben? Mir lässt das die ganze Nacht über keine Ruhe. Soviel ich auch nachdenke, ich kann mir keinen Reim auf das Ganze machen.

Gleich am nächsten Morgen steige ich die Treppe hinauf zu Frau Köhler. Sie ist Psychotherapeutin und seit zwei Jahren in Rente. In ihren ehemaligen Praxisräumen wohne nun ich und konnte sogar ihr Sofa, die beiden Stuhlsessel und den Couchtisch übernehmen, weil sie es nicht mehr brauchte und ich kein Geld für neue Möbel hatte. Nur ein neues Bett habe ich mir geleistet mit einer besonderen Matratze, die einen hohen Liegekomfort garantiert. In meinem Alter sollte man daran denken, dass man künftig mehr Zeit im Bett verbringt als bisher, weshalb eine gute Matratze wichtig ist.

In meiner Wohnung fühle ich mich richtig wohl. Ich wusste gar nicht, wie wichtig so eine Mauer um das Bett und die Küche sein kann. Jahrelang fühlte ich mich eingeengt, obwohl ich früher viel mehr Platz hatte als jetzt in diesem einen Zimmer mit der winzigen Küche und dem Bad. Ich weiß nicht, woran das liegt. Weil ich zur Ruhe gekommen bin? Oder weil diese Bleibe genau zu mir passt?

Obwohl ich so gern koche, reicht mir die kleine Küchenzeile völlig aus, schließlich lebe ich allein und habe kaum noch Gelegenheit, für andere zu kochen. Meine beiden Kinder sind erwachsen und besuchen mich höchst selten. Karla lebt in Berlin und Olaf hat kaum Zeit, weil er viel arbeitet und zwei kleine Kinder hat.

Frau Köhler lebt ebenfalls allein. Mir wären drei Räume für mich allein zu viel. Manchmal kommt ihr Sohn mit dem Enkel. Mehr weiß ich nicht. Ich weiß nur, dass sie Psychologin ist und sich deshalb mit den Menschen und ihren Problemen auskennt. Vielleicht kann sie mir sagen, was die Polizei von Holm wollte.

„Der Holm ...“

„Herr Böhm?“

Ich nicke.

„Gestern hat die Polizei bei ihm geklingelt.“

„Warum das?“

„Das weiß ich nicht.“

„Ich hatte den Eindruck, dass sie kurz davor waren, die Tür zu Holms Wohnung aufzubrechen. Erst, als ich ihnen sagte, dass er ausgezogen ist ...“

„Ausgezogen? Ich habe gar nichts gemerkt von einem Umzug. Und verabschiedet hat er sich auch nicht."

Das ist wirklich seltsam. Wenn ich nicht zufällig aus dem Fenster geschaut hätte, wüsste auch ich nicht, dass er befördert wurde und jetzt in einer amerikanischen Bank arbeitet. Solch ein plötzliches Verschwinden ist nun wirklich ungehörig. Wenn man in einem Haus wohnt, verabschiedet man sich von den Mietern und schleicht sich nicht heimlich davon. Das ärgert mich jetzt.

Frau Köhler bittet mich in ihre Küche und zeigt mit der Hand auf einen Stuhl, auf den ich mich wie erschöpft sinken lasse.

„Wissen Sie, der Holm hat mehrere Koffer in sein Auto getragen und gesagt, dass er nach Amerika geht."

„Nach Amerika?", wundert sich Frau Köhler.

„Jaja! Er ist befördert worden", berichte ich stolz.

Ich bin wirklich stolz auf diesen jungen Mann, dem ich seinen Erfolg von Herzen gönne.

„Kein Wunder, nicht wahr? Er war immer so adrett gekleidet und freundlich."

Frau Köhler nickt.

„Entschuldigen Sie, ich bin etwas durcheinander und verstehe nicht, weshalb die junge Frau fragte, ob er krank wäre."

„Welche junge Frau?"

„Seine Kollegin. Sie sagte, sie sei seine Kollegin."

„Dann hätte sie von der Beförderung gewusst", überlegt Frau Köhler laut.

„Genau. Das hat mich auch gewundert. Doch am meisten mache ich mir Sorgen wegen der Polizei. Was wollten sie von Holm? Ich habe sie gefragt, aber ich bekam keine Antwort. Als ich ihnen sagte, Herr Böhm lebt jetzt in Amerika und bald werden die Möbel abgeholt, gingen sie plötzlich fort. Verstehen Sie das?"

Frau Köhler denkt nach. Lange.

„Ich vermute, dass sich der junge Mann abgesetzt hat."

„Wie meinen Sie das?", frage ich aufgebracht.

„Nehmen wir mal an, Herr Böhm ist unentschuldigt der Arbeit ferngeblieben."

„Das glaube ich nicht!", rufe ich empört aus. „Nicht bei unserem Holm. Er war immer sehr korrekt."

„Es ist ja auch nur eine Vermutung, weil diese Kollegin so besorgt war."

„Vielleicht war sie gar keine Kollegin. Doch was hat das mit der Polizei zu tun?"

Ich verstehe überhaupt nichts mehr.

„Ob es nun eine Kollegin war oder nicht, sie wird ihn vermisst und vielleicht angerufen haben."

Mir fällt ein, dass ich tatsächlich öfter ein Klingeln hörte.

„Und weil Herr Böhm weder auf Arbeit noch daheim erreichbar war, hat die junge Frau befürchtet, er hätte einen Unfall gehabt oder läge verletzt und hilflos in seiner Wohnung. Deshalb hat sie die Polizei gebeten, nachzuschauen."

„Aber warum sind die dann nicht in die Wohnung gegangen?"

„Weil Sie ihnen gesagt haben, dass Herr Böhm mit dem Auto und vollgepackten Koffern davongefahren ist. Also gibt es keinen Unfall oder gar Toten."

„Toten? Gott bewahre!"

„Wenn er etwas angestellt hätte, hätten sie vermutlich die Tür aufgebrochen und die Wohnung durchsucht."

„Was soll er denn angestellt haben?"

„Arbeitet er nicht bei der Bank?"

„Wie meinen Sie das?", frage ich empört.

Glaubt sie etwa, Herr Böhm ist ein Dieb? Er doch nicht!

„So ein feiner Mensch lässt sich nichts zuschulden kommen!", sage ich sehr bestimmt. „Er ist immer sauber und akkurat und läuft nicht mit zerrissenen Jeans herum wie die jungen Leute über Ihnen."

Frau Köhler lächelt.

„Ja, heute ist vieles anders."

Je länger ich darüber nachdenke, desto logischer erscheint mir, was die Psychologin vermutet. Doch es bringt mich nicht weiter. Auf jeden Fall werde ich die Sache nicht auf sich beruhen lassen. Doch wo und bei wem kann ich mich erkundigen? Ich weiß nicht, ob Herr Böhm Familie hat und schon gar nicht, wo ich diese finde.

Herr Böhm ist ausgezogen, doch seine Möbel sind noch hier. Wenn nun ein neuer Mieter einziehen will? Vielleicht schon zum ersten Februar?

Das bringt mich auf die Idee, die Verwaltung anzurufen. Dabei erfahre ich, dass Herr Böhm tatsächlich die Wohnung gekündigt hat und am nächsten Dienstag den Schlüssel übergeben wird.

Das wird knapp. Dann hätten die Möbelpacker nur noch drei Tage und ein Wochenende Zeit zum Ausräumen. Außerdem muss ein Maler alle Räume weiß streichen, bevor die Wohnung übergeben werden kann. So steht es im Mietvertrag.

*****

Dienstag. Heute soll der Schlüssel übergeben werden. Ob Holm extra dafür aus Amerika kommt? Oder erledigt das ein Freund? Doch es wird Ärger geben, weil die Möbel noch immer in der Wohnung stehen. Hoffentlich meldet sich Holm bei mir, um sich ordentlich zu verabschieden. Ich werde ihm von der Polizei erzählen und dass sie nahe dran waren, sich gewaltsam Zutritt in seine Wohnung zu verschaffen.

Hat die Frau von der Verwaltung eine Uhrzeit genannt? Ich glaube nicht. Also muss ich heute besonders aufmerksam sein.

Eigentlich bin ich immer aufmerksam und niemals

nachlässig. Was ich auch mache, ich konzentriere mich mit all meinen Sinnen darauf. Manchmal sitze ich eine Stunde oder auch zwei am Fenster und schaue hinaus. Aber ich schaue nicht nur so vor mich hin. Ich beobachte. Ich sehe die Menschen, die mit ihren Taschen am Arm vom Einkauf kommen, ihren Hund spazieren führen oder ihr Kind zum Kindergarten bringen. Ich merke, wenn sich ein Nachbar etwas mühsamer als sonst vorwärts schleppt oder wenn sich ein neues Paar gefunden hat. Manche halten das für gewöhnliche Neugier, dabei ist es ehrliches Interesse an meinen Mitmenschen. Ich stehe immer in direkter Beziehung zu meinem Umfeld, zu meinem Gegenüber und gehe niemals achtlos an jemandem vorbei.

Es klingelt. Die Frau von der Verwaltung steht vor mir.

„Ich warte seit einer halben Stunde, doch Herr Böhm ist noch immer nicht erschienen. Hat er sich bei Ihnen gemeldet?"

„Nein. Leider nicht."

„Ich habe eine Bitte. Wären Sie so nett und rufen mich an, falls sich Herr Böhm meldet? Ich muss zu einem weiteren Termin und kann nicht länger warten."

„Das mache ich gern", versichere ich.

*****

Doch Holm meldet sich nicht, weder bei mir noch bei der Verwaltung. Deshalb lässt sie drei Wochen später die Tür aufbrechen.

Natürlich bin ich sofort nach oben gestiegen, als ich den Lärm hörte und vor Schreck fast rückwärts wieder die Treppe hinunter gestürzt. Keinen einzigen Schritt kann man in Holms Flur treten, weil auf dem Boden Beutel, Zeitungen und unzählige Flaschen liegen. Ein scheußlicher Anblick. Wer kann das nur getan haben? Waren Einbrecher am Werk, die die verlassene Wohnung ausrauben wollten? Aber warum hinterlassen sie eine derartige Verwüstung?

Doch es kommt noch schlimmer!

In der Küche türmen sich auf dem Tisch, dem Herd und dem Boden schmutziges Geschirr, prallvolle Einkaufstüten, mit Speiseresten verklebte Töpfe und unzählige volle und leere Flaschen. Der Kühlschrank steht halb offen und lässt sich wegen dicker Eisschichten, die aus seinem Inneren quellen, nicht schließen. Ins Eis eingeschlossen sind verdorbene Lebensmittel.

Völlig geschockt bleibe ich im Türrahmen stehen und begreife, das dieses Chaos keine Einbrecher verursacht haben.

Im Schlafzimmer liegen wild verstreut Hemden, Hosen, Jacken und Wäsche. Und dazwischen wieder Flaschen über Flaschen. Wo hat der Mensch nur gelegen? Mitten in all diesem Müll? Die Bettwäsche ist starr vor Schmutz.

Auch in der Wohnstube gibt es keinen Platz, wo man sich hinsetzen könnte, denn jedes Fleckchen ist mit Papieren, Zeitungen, Kleidern, Joghurtbechern und natürlich Flaschen belegt.

So kann man doch nicht leben! Wo hat sich Holm gewaschen? Das Waschbecken ist kaputt, in der Wanne liegen schmutzige Handtücher und die Kloschüssel ist mit einer dunkelbraunen Kruste überzogen. So etwas habe ich in meinem ganzen Leben noch nicht gesehen und auch nicht für möglich gehalten. Schon gar nicht bei Holm! Wie ist das nur möglich? Er war immer sehr gepflegt, tiptop gekleidet, rasiert und außerdem stets freundlich.

„Der kann sich frisch machen!", höre ich eine verärgerte Frauenstimme. „Den zeige ich an und präsentiere ihm die Rechnung. Unter zehn Tausender kommt der nicht davon. So eine Schweinerei!"

Vor mir steht eine zierliche Frau mit vor Zorn hochroten Wangen.

„Wie sind Sie hier hereingekommen?", schnauzt sie mich an.

„Die Tür stand offen", antworte ich brav. Doch schnell habe ich mich gefangen und frage barsch zurück: „Wer sind Sie überhaupt?"

„Das geht Sie zwar nichts an, doch ich bin Frau Schmidt von der Wohnungsverwaltung."

Kann das stimmen?

„Ich kenne Sie nicht. Bisher hatte ich mit einer ganz anderen Dame zu tun."

Die Frau winkt mit dem Arm ab. Es ist eine resignierte Bewegung.

„Das teure Türschloss ist hinüber! Hat man so etwas Abscheuliches jemals gesehen? Sie wohnen doch im Haus und wollen nichts bemerkt haben?"

Was hätte ich getan, wenn ich vom Zustand seiner Bude gewusst hätte? Ganz sicher hätte ich Holm meine Hilfe angeboten, bei ihm geputzt und nach dem Rechten gesehen. Doch er war immer so adrett und sauber. Nie im Leben hätte ich mir vorstellen können, dass er zwischen Schmutz und Müll haust.

„Herr Böhm war ein ausgesprochen angenehmer Nachbar, sehr zuvorkommend und gepflegt. Ich kann mir nicht vorstellen ... wirklich nicht ... tut mir leid."

Mir fehlen die passenden Worte. Sicher gibt es gar keine passenden Worte. Ich habe genug gesehen und will nur noch zurück in meine Wohnung.

Am Treppenabsatz bleibe ich stehen und lehne mich gegen die Wand. Vor meinen Augen dreht sich alles und ich fürchte zu stürzen. Plötzlich umfasst jemand ganz sanft meine Schulter.

„Kommen Sie! Sie wohnen unten im Erdgeschoss, nicht wahr?"

Ich nicke.

„Mein Name ist Friedrich, Ralf Friedrich. Ich habe im letzten Jahr Ihren Wasserhahn ausgewechselt. Erinnern Sie sich?"

„Wasserhahn? Welchen Wasserhahn?"

Der Mann lacht, als hätte ich etwas Lustiges gesagt. Dabei ist mir überhaupt nicht nach Scherzen zumute. Vor meiner Tür bleiben wir stehen.

„Geht es?"

Die Stimme klingt freundlich, fast mitfühlend und ich schaue den Mann an. Jetzt erinnere ich mich dunkel an den netten Herrn, der meinen Wasserhahn ausgetauscht hat. Er war nicht sehr gesprächig, doch ich fand ihn sympathisch und habe ihm noch einen Kaffee angeboten.

„Wissen Sie, ich habe so etwas noch nie gesehen und bin etwas verwirrt", gestehe ich. „Noch dazu bei Herrn Böhm. Er wirkte auf mich besonders ordentlich und sauber, immer so fein. Ich verstehe das nicht."

„Das kann man auch nicht verstehen."

Herr Friedrich verabschiedet sich und verspricht, sich später noch einmal zu melden. Ich nicke dankbar, obwohl ich nicht weiß, was er noch von mir will.

*****

Die Bilder von all dem Schmutz und Unrat in Holms Wohnung gehen mir nicht mehr aus dem

Kopf. Ich sehe den von Müll überladenen Boden vor mir, das schmutzige Bett, die vielen Flaschen. Wer weiß, was sich in all den Einkaufstüten verbirgt? Vielleicht Eier oder vergammelte Wurst, vielleicht sogar Ungeziefer. Das hat nichts mit Unordnung zu tun. Das ist etwas Anderes. Doch was?

Ich muss mich jemandem anvertrauen. Wieder fällt mir Frau Köhler ein. Sie ist studierte Psychologin und kann mir sicher all meine Fragen beantworten. Vermutlich ist sie an die Schweigepflicht gebunden, weshalb es sicher nicht falsch ist, wenn ich die ganze Ungeheuerlichkeit beschreibe. Außerdem hat sie mich gebeten, mich zu melden, wenn ich Neues von Holm weiß.

Ich sitze auf dem Sofa neben Frau Köhler. Zuerst fehlen mir die Worte, doch dann sprudeln sie nur so aus mir heraus. Ich beschreibe ihr jedes Detail.

„Kein Mensch kann sich diesen Schmutz vorstellen!", rufe ich aus und schüttle immer wieder den Kopf. „Dabei hielt ich ihn für einen besonders feinen Mann."

„Herr Böhm ist offensichtlich ein Messie", erklärt sie mir. „Solche Menschen sind nicht fähig, das Alltagsleben zu organisieren und ihre Wohnung in Ordnung zu halten. Sie verwahrlosen und haben keine Hoffnung, ihr Problem jemals in den Griff zu bekommen. Vielleicht erkennen sie ihr Chaos nicht einmal als Problem."

„Aber wie kann man dieses unglaubliche Durcheinander nicht als Problem sehen? So kann man doch nicht leben!"

Noch immer kann ich mir den adretten Holm nicht in dieser schmutzigen Müllbude vorstellen.

„Ich habe ja schon viel gehört in meinem Leben, aber von einem Messie noch nie."

„So selten ist das gar nicht. In Deutschland gibt es fast zwei Millionen Messies."

Das erscheint mir äußerst unwahrscheinlich und ich schüttle entsetzt den Kopf. Ich habe mir immer eingebildet, mich mit den Menschen auszukennen, doch in Holm habe ich mich gewaltig getäuscht, weil er äußerlich so akkurat schien. Doch in Wirklichkeit war er ein … ein Schmutzfink.

„Ich wusste wirklich nicht, dass Holm solch ein schlechter Mensch ist."

„Schlecht ist nicht das richtige Wort. Er ist ein Mensch in Not, ein kranker Mensch, einer, der in seiner Wohnung nur noch vegetieren kann."

Er ist also krank, denke ich und seufze erleichtert. Für eine Krankheit kann er nichts. Ich kann mir nur nicht erklären, wie solch eine Krankheit entsteht. Körperlich kann es wohl nicht sein, eher seelisch, weshalb sich Frau Köhler als Psychologin so gut damit auskennt.

„Offenbar hat er keine Freunde oder Familie, die ihn besuchen und ihm helfen können", überlege ich laut.

„Das ist nicht so einfach", erklärt Frau Köhler. „Er hat eher Angst davor, dass jemand merkt, wie es bei ihm aussieht. Er lebt also im Dauerstress."

Wieder habe ich die Bilder der Wohnung vor mir und mir tut mein Herz weh vor Mitgefühl mit dieser armen Kreatur. Ich stelle mir vor, wie Holm zwischen den meterhohen Haufen einen Durchgang zur Toilette, zur Küche und zum Bett sucht.

„Warum nur habe ich nichts gemerkt?", klage ich mich selbst an. „Sicher hätte ich ihm helfen können!"

Frau Köhler zuckt mit der Schulter und ich sehe ihr an, dass sie daran nicht glaubt.

„Wie geht es nun weiter?"

„Die Verwaltung wird die Wohnung entmüllen und reinigen lassen, vielleicht neue Laminate legen und die Wände streichen lassen. Herr Böhm wird die Rechnung bekommen und bezahlen müssen."

Frau Schmidt sprach von 10.000 Euro. Das ist unglaublich viel Geld. So viel wird Holm gar nicht aufbringen können in Amerika. Doch vielleicht ist er gar nicht in Amerika. Vielleicht hat er mich belogen und ist einfach nur verschwunden und niemand weiß, wohin. Dann wäre er doch nicht der gute Mensch, für den ich ihn immer gehalten habe.

*****

Es klingelt. Vor mir steht dieser nette Handwerker. Wie hieß er doch gleich? Frieder oder Friedrich? Mit Vor- oder Nachnamen? Ich weiß es nicht mehr.

„Gut, dass ich Sie daheim antreffe."

Wo sollte ich sonst sein? Bei diesem Regenwetter jagt man keinen Hund vor die Tür.

„Ich werde in nächster Zeit oft hier im Haus zu tun haben und kann nicht verhindern, dass es manchmal etwas laut wird."

Herr Friedrich erklärt, dass er WC- und Waschbecken austauschen, neues Laminat verlegen und die Wände weißeln wird.

Mich beeindruckt, dass sich dieser Mann offenbar in jedem Handwerk auskennt. Ich dagegen habe nur das Kochen gelernt.

Herr Friedrich ist zwar nicht besonders groß, doch recht stämmig, direkt kräftig. Trotz seines Alters hat er dichtes volles Haar, das allerdings komplett grau ist. Im Gegensatz dazu ist sein Vollbart kohlrabenschwarz. Ich mag keine Bärte, weil sie immer irgendwie einschüchternd auf mich wirken. Und doch hat dieser Mann etwas an sich, das mich anzieht.

Bereits drei Tage später steht am frühen Morgen ein Container im Hof und vier Männer tragen prall gefüllte Müllsäcke, Bretter und ein großes Sofa aus Holms Wohnung. Einen Sessel, ein Bücherregal und einen Schrank verstauen sie in einen Transporter. Dann sind sie verschwunden.

Am Montag darauf höre ich Schritte in der Wohnung über mir. Hin und wieder wird etwas über den Boden gezogen. Zwar bin ich nicht ängstlich, doch mich irritieren Geräusche, die ich nicht einordnen kann. Zum Glück fällt mir der Handwerker ein, der davon sprach, in nächster Zeit oben viel arbeiten zu müssen.

Zum Mittag habe ich mir einen ganzen Topf Kohlsuppe gekocht mit Speck und Kartoffeln. Obwohl ich einen besonders kleinen Kohlkopf kaufte, ist es so viel, dass ich wohl die ganze Woche davon essen muss. Ob Herr Friedrich Kohlsuppe mag? So ein Handwerker kann eine warme Stärkung sicher gut gebrauchen. Ich steige hinauf und frage ihn, ob er Kohlsuppe mag.

Überrascht schaut er mich an und zeigt auf seine Brotbüchse, die auf der Heizung liegt.

„Ihre Schnitten essen Sie einfach dazu!", bestimme ich.

„Gut."

„Waschen können Sie sich bei mir. Ich habe Seife und auch ein Handtuch."

„Gut", wiederholt er und folgt mir in meine Wohnung.

Die Suppe scheint ihm zu schmecken. Vielleicht sollte ich ihn auch morgen zum Essen einladen? In Gesellschaft schmeckt jede Mahlzeit doppelt so gut. Was er wohl gern isst? Sicher Schnitzel mit Bratkartoffeln, viel Speck und Eiern.

Am nächsten Tag habe ich Hackepeter und frische Brötchen besorgt. Das mögen die meisten Männer, sicher auch Herr Friedrich.

„Sogar mit Zwiebelringen und Gurkenscheiben drauf!", ruft er begeistert aus, als er sich an den Tisch setzt.

Er lehnt den linken Unterarm auf die Tischplatte, greift mit der rechten Hand ein Brötchen und beißt herzhaft hinein. Er kaut langsam und bedächtig, als wolle er jeden einzelnen Krümel genießen. Ich beobachte, wie behutsam er mit seinen großen, etwas groben Händen die Tasse abstellt. In seinem Gesicht sehe ich reine Zufriedenheit. Das gefällt mir.

Vorsichtig tupft er mit einer Serviette seinen Bart ab. Am liebsten würde ich jetzt genau dort anfassen. Natürlich mache ich das nicht. Aber ich *muss* es tun! Wie automatisch streiche ich mit der Hand über eine dichte Wolke aus Draht. Wieso sind Haare so hart? Überrascht zucke ich zurück.

Herr Friedrich zuckt nicht. Er lacht und seine dunklen Augen blitzen dabei.

Februar

Jeden Abend und oft sogar nach dem Mittag freue ich mich auf mein Bett. Dort finde ich Ruhe und bin dankbar für mein weiches Kissen und die warme Decke. Zuerst strecke ich mich aus, dann rolle ich mich zur Seite und schlafe meist sofort ein.

Doch heute klappt das Einschlafen nicht, obwohl es bereits weit nach 23 Uhr ist. In meinen Kopf drängen sich Gedanken und Sorgen, die eigentlich gar nicht meine Sorgen sind. Ich überlege, wie es wohl Holm geht, wo er jetzt sein mag. Mir tut er leid und gleichzeitig ärgere ich mich, dass ich mich so in ihm getäuscht habe.

Ich spüre ein unangenehmes Stechen im Bauch und überlege, ob ich etwas Ungutes gegessen habe. Nein, wie immer nur eine Scheibe Brot, belegt mit Wurst und Käse, dazu eine Tasse Kräutertee und hinterher einen Eierlikör.

Plötzlich kracht es ohrenbetäubend, als wäre das ganze Nachbarhaus eingestürzt. Ist oben in Holms Wohnung ein großes Gerät umgefallen? Ich muss Herrn Friedrich informieren. Aber ich habe seine Nummer nicht und es ist mitten in der Nacht. Ich springe aus dem Bett, laufe ans Fenster und ziehe die Vorhänge zur Seite. Draußen ist es taghell! Ich kann jedes Auto, jeden Strauch und sogar jeden

Stein auf unserem Hof erkennen. Und das, obwohl heute die dunkelste Nacht des Monats ist, denn heute ist Neumond. Der Wind wirbelt weißen Staub über den Hof. Woher kommt dieser Staub mitten im Winter? Jetzt verstehe ich: Das ist kein Staub, das ist Schnee! Der Schnee verstärkt das unglaublich helle Licht, das überhaupt nicht natürlich wirkt und mir deshalb direkt unheimlich ist. Es ist so hell, dass ich den Weg zur Toilette finde, ohne eine Lampe anzuschalten. Fasziniert beobachte ich das heftige Schneetreiben. Erst, als mir kalt wird, krieche ich zurück ins Bett. Doch ich liege noch lange wach und finde keinen Schlaf.

Am Morgen sehe ich, dass es in der Nacht weiter geschneit hat und zwar mehr als während der letzten drei Jahren zusammen. Die Kinder werden sich darüber mehr freuen als ich. Ich mag den Schnee, dieses Glitzern in der Sonne und die klare Luft. Doch seit einem Sturz im letzten Jahr bin ich unsicher geworden und fürchte zu fallen und am Ende meine Knochen zu brechen. Und doch freue ich mich, denn der Schnee deckt alles Dunkle und Schmutzige zu und glättet Ecken und Kanten. Er macht alles weich und strahlend und dämpft sämtliche Geräusche. Man hört nicht einmal ein Auto vom Hof fahren, sogar die Straße vor dem Haus scheint weiter entfernt.

Der Februar ist in der Regel der kälteste Monat im

Jahr. Warum sagt man eigentlich tiefster Winter und nicht Hochwinter wie zum Hochsommer? Ist der Sommer hoch und gut und der Winter tief und schlecht? Nun, die meisten Menschen mögen wohl den Sommer lieber als den Winter.

Ich frage Frau Köhler, ob sie diesen erschreckend lauten Knall am späten Abend ebenfalls hörte.
„Das war ein Gewitter."
Schneegewitter sind ein äußerst seltenes Phänomen. Ich habe zwar keine Angst vor Gewitter, trotzdem sind sie mir nicht geheuer.
„Wir haben hier in Chemnitz außer einigen heftigen Böen nicht viel gemerkt, während in anderen Orten Schneechaos herrscht. Viele Straßen sind derart verweht, dass sie gesperrt werden mussten. Der Sturm hat viele Bäume und sogar Schneepflüge und Laster umgekippt", berichtet sie.
Einen solch heftigen Sturm, der einen Schneepflug umkippt, kann ich mir gar nicht vorstellen. Kann Luft wirklich solch eine Kraft haben?
„Gehen Sie lieber heute nicht vor die Tür!", warnt sie mich.
Also werde ich auf meine gewohnte Morgenrunde verzichten. Auch nachmittags gehe ich gern noch einmal hinaus an die frische Luft, entweder über den nahen Friedhof oder in den Wald. Heute bleibe ich lieber drin.
Ich schaue aus dem Fenster und sehe, dass die

drei Männer, die im Haus wohnen, fleißig Schnee schippen. Gern würde ich helfen, doch mich wollen sie nicht dabei haben.

Frau Köhlers Sohn Hauke steht ebenfalls im Hof. Er wohnt mit seiner Familie im gleichen Stadtteil, arbeitet als Lehrer im nahen Gymnasium und hält eine Schaufel in der Hand. Will er den Männern helfen, den Hof freizuschaufeln? Eigentlich ist das Sache des Hausmeisters, doch der kommt, falls er überhaupt kommt, erst nach elf Uhr. Der Mann, der in meinem früheren Haus zuständig war, schippte bereits vor sechs Uhr morgens, damit die Leute ohne Probleme pünktlich zur Arbeit fahren konn-ten. Auf den jetzigen ist kein Verlass. Er wischt nur kurz über die Treppen und putzt sie nicht gründlich, den Keller und die Fenster gar nicht. Als ich mich darüber beklagte, antwortete er frech: „Suchen Sie sich einen anderen Dummen, wenn Ihnen meine Arbeit nicht passt!"
Früher dachte ich, die Selbständigen wie der alte Hausmeister hätten es gut. Sie könnten ihre Zeit frei einteilen und wären niemandem Rechenschaft pflichtig. Doch offenbar ist es genau umgekehrt: ein Selbständiger bekommt nur Geld für das, was er wirklich getan hat, ein Angestellter erhält Gehalt, auch wenn er schlampig arbeitet und man sich über ihn beschwert. Obendrein bekommt er fünf Wochen Urlaub bezahlt und natürlich auch, wenn

er wegen Krankheit nicht arbeitet.

Jetzt entdecke ich Frau Köhlers Enkel, der hinter einem Schneehaufen versteckt war. Den Jungen bekomme ich selten zu Gesicht. Er springt nicht draußen herum wie andere Kinder. Vermutlich will er mit seinem Vater einen Schneemann bauen, was bei frischem Pulverschnee nicht leicht ist.
Ich hole mir einen Stuhl ans Fenster und beobachte die beiden. Hauke redet unaufhörlich auf den Jungen ein, der geduldig zuhört. Paul ist etwa zehn Jahre alt, doch irgendwie ganz anders als andere Kinder. Er geht auf eine besondere Schule, in der es keine Zensuren gibt. Sein Vater bringt ihn hin und holt ihn ab, obwohl in der Nähe die Straßenbahn hält. Außerdem haben wir keine fünf Fußminuten entfernt eine Grundschule. Doch die ist nicht gut genug für Paul. Oder Paul ist nicht gut genug für diese Schule. Wer weiß das schon? Wenn ich Paul anspreche, läuft er davon, ohne mir zu antworten. Anfangs glaubte ich, dass er mich nicht versteht, weil er vielleicht taubstumm ist. Doch so ist es nicht. Sein Vater ermuntert ihn nicht, die Leute im Haus zu grüßen oder ihnen zu antworten. Im Gegenteil! Er meint, man darf Kinder nicht zwingen, schon gar nicht zu althergebrachter Höflichkeit.
Wenn meine Kinder die Erwachsenen nicht grüßten, gab ich ihnen einen Klaps. Auch dann, wenn

sie frech wurden. Mein Sohn sagt, das sei heute nicht mehr erlaubt. Man soll den Kindern alles in Ruhe erklären. Ich weiß nicht, ob ich damals diese Ruhe gehabt hätte. Und ich glaube auch nicht, dass Karla sich von einer Erklärung hätte beeindrucken lassen.

Sie war wild und unbändig und schmiss sich mit Wucht in den Schnee. Meist zog sie mit dem Schlitten und Olaf in den Wald, um die Hügel hinunterzurodeln. Hinterher waren beide von oben bis unten voller Schnee.

Paul dagegen macht sich niemals schmutzig. Ich weiß nicht, ob er nichts allein machen darf oder nichts allein machen kann. Seine Oma hat er jedenfalls noch nie allein besucht, obwohl die Bushaltestelle nur zwei Straßen entfernt ist oder er mit dem Fahrrad in nur wenigen Minuten hier wäre. Ich glaube, er hat überhaupt kein Fahrrad, vielleicht nicht einmal Freunde, denn er spielt nur mit seinem Vater. Dabei fällt mir ein, dass ich die Mutter noch nie gesehen habe und nehme mir vor, mich bei nächster Gelegenheit bei Frau Köhler nach ihr zu erkundigen.

Nach zwei Stunden sind Paul und sein Vater mit ihrer Arbeit fertig. Sie haben einen Iglu gebaut und daneben einen großen Eisbären. Das gefällt mir so gut, dass ich meinen Fotoapparat hole und das Werk fotografiere.

„Das habt ihr ganz wunderbar gemacht!", lobe ich

die beiden.

Paul lächelt seine Stiefel an und versteckt sich hinter dem Iglu, während mir sein Vater auf dem Handy ein ähnliches Bild von solch einer Höhle und einem Bären zeigt.

„Ah! Ihr habt also bei euch daheim auch Schnee-figuren gebaut?"

„Nein, wir haben keinen Hof", antwortet Hauke.

„Das Motiv stammt aus dem Internet."

Heutzutage stammt nahezu alles aus dem Internet: Bastelideen, Backrezepte, Diagnosen bei Schmer-zen, eben alles. Man muss nicht mehr selbst nach-denken.

In diesem Moment stürmen die Zwillinge auf uns zu. Sie wohnen im Dachgeschoss und sind zwei Jahre jünger als Paul. Der duckt sich noch tiefer hinter das Iglu, sein Vater stellt sich breitbeinig davor auf.

„Verschwindet!", ruft er den Jungs zu.

Doch diese betrachten interessiert das Werk aus Schnee.

„Geiles Viech!", ruft der eine und zeigt auf den Eis-bären.

„Ich kriech in die Höhle!", schreit der andere.

„Nichts wirst du!", wehrt Hauke ab. „*Wir* haben es gebaut. Die Höhle gehört uns! Verschwindet!"

„Langsam, langsam, junger Mann!", sage ich. „Die Zwillinge wohnen hier und dürfen sehr wohl auf dem Hof spielen."

Hauke und sein Sohn sind nur zu Besuch und sollten sich entsprechend benehmen.

„Halten Sie sich da raus!", befiehlt Hauke.

„Wir wollen sowieso lieber im Wald rodeln! Kommst du mit?", wenden sie sich an Paul.

Statt einer Antwort wiederholt Hauke: „Verschwindet!"

„Wenn ihr fort seid", schreit Liam wütend, „springe ich mit Wucht auf die blöde Burg und hau dem Bären eine aufs Maul!"

Das war zwar recht keck, doch ich kann den Zorn der Jungs verstehen.

„Was stehen Sie hier noch rum und stecken Ihre Nase in fremde Angelegenheiten?", faucht mich Hauke an.

„Wie bitte?", frage ich irritiert zurück.

„Ihre Wohnung gehört meiner Mutter. Sie sind nur Mieter und sollten sich gefälligst zurückhalten!"

Mir bleibt direkt die Sprache weg über solch eine Garstigkeit. Ich wohne hier und zahle pünktlich die vereinbarte Miete, auch die Zwillinge sind hier zu Hause, während Hauke nur Gast ist. *Er* sollte sich gefälligst zurückhalten. Doch ich sage nichts und denke nur, dass er kein Vorbild für seinen Sohn ist.

Paul wirft seine Schaufel gegen den Zaun und legt sich rücklings in den Schnee.

„Machst du einen Engel?", fragt Hauke mit verändert zuckersüßer Stimme.

Ich verdrehe die Augen und sehe, wie der Junge seine Handschuhe nach hinten schleudert. Dann springt er auf und tritt gegen die soeben gebaute Schneehütte.

„Du machst sie kaputt!", warne ich.

„Ja! Mach sie kaputt!", feuert Hauke seinen Sohn an. „Dann ärgern sich die boshaften Zwillinge."

Er tritt gegen den Eisbären, der sofort zerfällt.

Paul heult auf: „Du gemeiner Blödmann!", schreit er seinen Vater an.

Hauke kniet sich in den Schnee und nimmt seinen Jungen in den Arm. Ich habe genug gesehen und höre noch, wie er dem Kind erklärt, dass die Zwillinge den Streit angefangen haben und man sich das nicht gefallen lassen darf.

Ich bin kein Lehrer und habe einen etwas schlichteren Verstand. Deshalb verstehe ich die Reaktion von Hauke nicht so ganz, sondern eher die der Zwillinge.

Anfangs konnte ich die Jungs nicht unterscheiden, obwohl sie mir gleich am ersten Tag ihre Namen verrieten: Leon und Liam. Liam ist englisch und heißt auf deutsch Wilhelm. Sie holen bei mir täglich die Pakete ab, die für ihren Vater abgegeben werden. Er ist Pharmavertreter und präsentiert Ärzten und Apothekern neue Medikamente und klärt sie über deren Anwendung, Wirkung und Zusammensetzung auf.

Ich vermeide so gut ich kann, die beiden *Zwillinge* zu rufen, denn jedes Kind hat ein Recht auf seinen Namen.

*****

Ich weiß, wovon ich rede, denn ich bin ein Drilling. Mutter zog uns drei Mädchen immer gleich an und rief uns genauso wie alle anderen nur *die Drillinge.* Dabei waren wir nicht nur vom Wesen, sondern auch äußerlich komplett verschieden und man hätte uns leicht unterscheiden und beim Namen rufen können. Es heißt, dass die Kindheit uns formt. Doch das glaube ich nicht, denn ich bin am gleichen Tag wie meine beiden Schwestern geboren und in der gleichen Umgebung unter genau den gleichen Bedingungen aufgewachsen wie sie und habe mich doch ganz anders entwickelt.

Unsere Mutter sagte immer: „Nichts ist so verschieden wie Geschwister."

Auf uns trifft das zu. Die Eltern gingen arbeiten, wir waren nach der Schule uns selbst überlassen. Bärbel spielte im Steinbruch, Birgit Puppendoktor und ich half am liebsten meiner Oma, wenn sie Suppe kochte oder Kräbbelchen buk. Freunde hatten wir nicht, nur uns. Irgendwann war uns wichtig, uns deutlich voneinander zu unterscheiden und ganz unterschiedliche Wege einzuschlagen.

Birgit wurde Ärztin und lebt in Berlin, Bärbel studierte Archäologie und ist nach Australien ausgewandert. Ich hatte keine Lust auf Abitur und Studium, lernte Köchin und blieb in Chemnitz. Wir drei Schwestern sind wirklich komplett verschieden. Nur in einer Sache sind wir uns ähnlich: Wir schreiben keine langen Briefe und mögen auch keine Anrufe. Vielleicht sollte ich mich wenigstens bei Birgit melden, die in Berlin wohnt wie meine Tochter.

*****

Nächste Woche hat Karla Geburtstag. Es ist ein runder, der vierzigste. Sie hat mich nicht zur Feier eingeladen, obwohl man das heutzutage so macht. Früher war das nicht nötig. Man erschien am Geburtstag um 15 Uhr zum Vesper, wo es Torte, Eierschecke und Streuselkuchen und am Abend Würstchen mit Kartoffelsalat gab.
Früher schenkte man sich Alpenveilchen, weil es nur im Hochsommer Schnittblumen zu kaufen gab. Heute kann ich das ganze Jahr über Blumen kaufen: Rosen, Astern, Nelken; was das Herz begehrt. Sogar mitten im Winter. Erst gestern habe ich mir einen Strauß Narzissen mitgebracht, obwohl sie in den Gärten erst im April oder Mai blühen.

Karla ist schon früh bei mir ausgezogen. Mir war es nur recht, denn sie ist laut und rechthaberisch. Wir waren nie wirklich verbunden und ich hatte immer das Gefühl, ihr auf die Nerven zu gehen. Sie tat so, als hätte allein sie daheim etwas zu sagen, ignorierte mich und kommandierte ihren Bruder, obwohl Olaf zwei Jahre älter ist als sie. Im Grunde wundert es mich nicht, denn ich hatte nie Zeit für sie. Morgens war ich bereits bei der Arbeit, wenn sie allein aufstehen und zur Schule gehen mussten. Karla sorgte dafür, dass Olaf pünktlich aus dem Bett kam. Er war schon immer ängstlich und schwach. Wenn ich am Nachmittag nach Hause kam, waren beide unterwegs mit ihren Freunden. Meist war ich am Abend so müde und ausgelaugt, dass ich schon vor den Kindern ins Bett kroch.

Meine Kollegen hatten mich gewarnt, dass die Wohnung unerträglich still wird, wenn die Kinder aus dem Haus sind und ihre eigenen Wege gehen. Doch ich mag die Stille und freute mich darauf. Ich habe die Kinder nie vermisst, weder den ewigen Streit mit Karla noch das jammernde Genörgel von Olaf. Ich habe auch nichts in der Wohnung verändert. Wozu auch? Im Kinderzimmer standen zwei Betten, ich musste also nicht mehr auf dem Sofa in der Stube schlafen.

Drei Jahre lang studierte Karla Soziologie und kam anschließend in der öffentlichen Verwaltung unter. Ich begreife bis heute nicht, weshalb sie diese gut bezahlte Stelle aufgab. Sie sagte, der Job sei so sinnlos wie das gesamte Studium, viel zu theoretisch und hätte mit dem Leben nichts zu tun.

Chemnitz war ihr zu spießig, weshalb sie von einem Tag auf den anderen nach Berlin zog, wo ihrer Meinung nach das Leben pulsiert. Dort arbeitet sie im Jugendimigrationsdienst und schlägt sich mit Problemen fremder Leute herum.

Ich habe Karla in Berlin nur ein einziges Mal besucht, was ein echter Reinfall war. Morgens fünf Uhr fuhr ich los und kam erst vier Stunden später nach zwei Mal Umsteigen in Berlin an. Karla holte mich vom Bahnhof ab, zeigte mir aber nicht ihre Wohnung, sondern die Stadt. Sie schleifte mich durch Lokale und Kaufhäuser, bis mir die Füße schmerzten und ich mich einfach auf eine Bank setzte und nicht mehr weiterwollte. Zum Schluss saßen wir in einem Boot und schipperten die Spree entlang. Dabei konnte ich entspannt von einem bequemen Sessel aus den Dom, das Bundeskanzleramt und auch viele Gärten betrachten. Die Menschen lagen am Ufer, doch keiner planschte im Wasser, obwohl es sehr heiß war. Ich wusste gar nicht, dass es in Berlin so viel Wasser gibt. Karla sagte, dass das Baden in der Spree verboten ist. Ansonsten sagte sie nicht viel, erzählte kaum von ihrer Arbeit und über ihr Privatleben kein einziges Wort. Karla hatte mir kein Gästebett angeboten und ich hatte nicht danach gefragt. Sie brachte mich gegen Abend wie selbstverständlich zum

Bahnhof, wo ich stundenlang herumsaß, weil es keine Nachtzüge gibt. Obwohl ich vollkommen erschöpft war, konnte ich kein Auge schließen, weil ich zwar viel erlebt hatte und trotzdem furchtbar enttäuscht war.

Das passiert mir nie wieder! Lieber übernachte ich in einem Hotel, falls das bei Karla nicht möglich ist, auch wenn ich nicht gern in der Fremde schlafe. Nichts geht über das eigene Bett daheim.

Frau Köhler sagt, dass ich die Fahrkarte online buchen soll, das wäre viel billiger. Aber ich habe kein Internet und glaube auch nicht, dass die gleiche Strecke verschiedene Preise hat. Sie behauptet, dass der Kartenverkauf im Chemnitzer Bahnhof geschlossen wird. Auch das glaube ich nicht, denn einen Bahnhof ohne Fahrkartenschalter kann ich mir nicht vorstellen.

Bis jetzt hat mich Karla nicht eingeladen und wird es auch nicht tun. Da bin ich mir sicher. Sie hat mich ein ganzes Jahr nicht mehr besucht. Wenn ich sie sehen will, bleibt mir nichts anderes übrig, als sie zu überraschen. Eigentlich widerstrebt es mir, mit dem Koffer in der Hand unangekündigt vor ihrer Tür zu stehen. Dafür wird sie mich hassen. Ich mag sie nicht fragen, ob ich kommen darf, weil ich Angst vor ihrer Antwort habe.

Trotzdem werde ich nach Berlin fahren. Als Mutter darf man das, wenn man wissen will, wie es dem eigenen Kind geht. Sie wird schimpfen und sich schrecklich aufregen, doch das tut sie wowieso. Vielleicht lerne ich bei dieser Gelegenheit endlich ihren Freund kennen. Sie hat nur einmal kurz angedeutet, dass sie nicht allein lebt. Doch auf meine Fragen antwortet sie, es ginge mich nichts an, mit wem sie zusammenlebt. Das geht mich sehr wohl etwas an. Ich will mit eigenen Augen sehen, ob der Mann nett oder brummig ist, sensibel oder kaltherzig. Was macht er beruflich? Ist Karla glücklich? Auch auf die Wohnung bin ich gespannt. Man hört so viel über teure Mieten, den rauen Umgangston der Berliner, hässlich besprühte Wände und viel Schmutz. Vielleicht feiert sie ein großes Fest und ich falle gar nicht auf zwischen all ihren Freunden.

*****

Schon im Treppenhaus höre ich dröhnend laute Musik aus Karlas Wohnung. Das war schon früher so. Ich hatte meine liebe Not mit den Nachbarn, die sich ständig beschwerten, aber Karla lachte nur. Ich wurde einfach nicht mit ihr fertig. Außerdem mochte ich ihre Musik ganz und gar nicht, es war nur wildes Geschrei für meine Ohren ohne jede Melodie mit jaulenden Instrumenten. So etwas macht aggressiv und passt zu Karlas aufbrausender Art. Ich habe meine Tochter nie angeschrien, sie mich schon.

Auf mein Klingeln öffnet eine fremde Frau die Tür. Sie schaut mich ebenso irritiert an wie ich sie.

Doch fast im gleichen Moment strahlt sie und ruft: „Sie sind Karlas Mutter, nicht wahr? Kommen Sie herein! Ich bin Lotte, Karlas Freundin."

Ich fange Karlas genervten Blick auf, den sie Lotte zuwirft.

Statt einer Begrüßung faucht sie: „Was willst du? Ist was passiert?"

Dass mir meine Tochter nicht begeistert um den Hals fällt, war mir klar, doch auf diese offene Ablehnung war nicht nicht gefasst. Ernüchtert schlucke ich meine Enttäuschung herunter und versuche zu lächeln.

So ruhig wie möglich sage ich: „Ich gratuliere dir von Herzen zu deinem vierzigsten Geburtstag und wünsche dir alles erdenklich Gute für dein neues Lebensjahr."

„Aha."

Lotte stupst Karla in die Seite, die sich daraufhin übertrieben geziert verbeugt und mit verstellt hoher Stimme säuselt: „Allerbesten Dank!"

Mir wird bewusst, dass ich ungelegen komme, was mir äußerst unangenehm ist. Lotte nimmt mir das Gepäck ab und hilft mir aus dem Mantel.

„Hättest anrufen sollen!", tadelt Karla.

„Das stimmt", gebe ich zu und bereue meinen unangemeldeten Überfall.

So etwas gehört sich einfach nicht.

„Jetzt sind Sie hier und das ist gut so. Wir freuen uns."

Karla verdreht die Augen.

„Hol mal den Sekt!", bestimmt Lotte.

Karla brummt etwas, geht aber zum Kühlschrank und entnimmt ihm eine Flasche Sekt, während ihre Freundin Gläser, Kekse und Pralinen auf den Tisch stellt. Eine Geburtstagstorte haben sie nicht.

Verstohlen schaue ich mich um. Die gesamte Wohnung besteht aus einem einzigen, ungemütlich großen Raum, der Küche, Stube, Vorsaal und Schlafzimmer zugleich ist. Sogar eine Badewanne steht darin und zwar auf einem Podest direkt vor dem Fenster, so dass die Nachbarn Karla beim Baden beobachten können. An den Wänden sind bunt bemalte Leinwände aufgereiht. Hat Karla die gemalt? Die groben Muster und schrillen Farben passen für meinen Geschmack nicht zusammen, aber zu Karla passen sie. Der Fußboden besteht aus groben Dielenbrettern, die bei jedem Schritt knarren. Hier würde ich mich nicht wohl fühlen.

„Gefällt dir wohl nicht?", bemerkt Karla spöttisch.

Kann sie meine Gedanken lesen? Ich lächle meine Verlegenheit weg, sage aber nichts und bin froh, dass mir Lotte ein Glas in die Hand drückt und fröhlich „Prost!" ruft.

„Auf deinen Geburtstag, mein Kind!", und an Lotte gewandt: „Ich bin die Beate."

„Wunderbar!", ruft sie aus. „Ich wollte dich schon

49

immer kennenlernen, doch Karla hat ..."

„Keine Zeit!", ergänzt diese und schaut ihre Freundin mahnend an. „Ich muss los!"

„An deinem Geburtstag? Feierst du nicht?"

Karla antwortet nicht, schaut nur wie ein gehetztes Tier zwischen mir und Lotte hin und her.

„Tut mir leid, dass ich störe."

„Aber nein!", versichert Lotte. „Karla muss arbeiten und wir zwei machen uns einen schönen Tag."

Dabei lacht sie mich so herzlich an, dass ich ihr glaube. Ich mag sie. Sie scheint etwas älter als Karla zu sein, auffallend hübsch und sehr schlank. Wie ein Kontrast zu meiner Tochter. Gleich sind nur ihre Haare, beide haben dieselben schreiend grellen Farben Lila und Blau auf dem Kopf.

Karla winkt mir kurz zu und küsst Lotte. Es ist kein Freundinnen-Bussi, sondern ein inniger Kuss auf den Mund wie bei einem Liebespaar. Ich bin derart überrascht, dass ich versäume, mich dezent abzuwenden.

„Jetzt weißt du´s!", bellt Karla und wirft die Tür hinter sich zu.

Lotte hebt entschuldigend die Schulter. „So ist sie eben."

„Ich weiß. Ich wusste nur nicht ..."

Wie spricht man das aus? Sagt man lesbisch oder schwul oder gleichgeschlechtlich?

„Das sieht Karla ähnlich, dass sie dir nicht gesagt

hat, dass sie lesbisch ist." Lotte lacht. „Hier in Berlin macht sie dagegen kein Geheimnis daraus und haut es Leuten um die Ohren, die gar nicht danach gefragt haben und es auch nicht interessiert." Wieder lacht sie und ergänzt: „Natürlich sind wir ein Paar."

Ich merke, wie meine Wangen glühen und mir wird klar, warum Karla immer so heftig abwehrte, wenn ich sie nach einem Freund fragte. Wieso habe ich nichts gemerkt?

„In deinem Alter wird es Zeit, eine Familie zu gründen, habe ich Karla genervt", gestehe ich. „Und ich habe immer wissen wollen, ob sie endlich einen netten Mann kennengelernt hat."

„Davon hat sie mir erzählt."

„Ich wäre nie auf die Idee gekommen, dass ihre Freundinnen etwas anderes waren als eben ganz normale Freundinnen. Mädchen kuscheln gern und halten sich oft an den Händen."

Bei meinem Sohn hätte ich mir eher Gedanken gemacht, wenn er händchenhaltend mit einem Burschen auf dem Sofa gesessen hätte. Es ist nicht so, dass ich lesbisch oder schwul gut finde, schon gar nicht bei meinem eigenen Kind. Doch mir ist wichtig, dass Karla glücklich ist. Und wenn sie das Glück nicht mit einem Mann findet, muss ich das wohl oder übel akzeptieren. Lotte ist eine ausgesprochen sympathische Frau. Auf mich wirkt sie gar nicht so burschikos, wie man sich eine Lesbe vorstellt. Sicher bedient Karla den männlichen Teil des Paares. Oder ist es bei Lesben gar nicht so, dass eine der Frauen der Mann sein will? Ich weiß es nicht, weil ich mich noch nie näher damit beschäftigt habe. Bisher glaubte ich immer, dass Lesben einfach nur schlechte Erfahrungen mit Männern gemacht haben, was ich nachvollziehen kann. Denn nichts ist komplizierter als die Beziehung zwischen Mann und Frau.

*****

Das weiß ich aus eigener Erfahrung. Ich liebte meinen Mann, doch wir verstanden uns nicht. Ich war ihm zu gewöhnlich, nur eine Köchin, habe im Gegensatz zu meinen Schwestern nichts aus mir gemacht. Es ist wahr. Ich habe nicht studiert und interessiere mich nicht einmal für Kunst. Es störte mich nie, dass sich Thomas mehr für Museen als für den Wald begeisterte und auch nicht, dass er Musik hörte, die ich nicht verstand. Aber ihn störte es, dass ich lieber schwimmen ging als in eine Bilderausstellung. Meine geliebten Schlager musste ich heimlich hören, weil er diesen *billigen Schund* nicht ertrug. Und irgendwann ertrug er mich nicht mehr. Dabei war ich noch dieselbe Person wie acht Jahre zuvor, als wir heirateten.

Thomas ging einfach eines Tages fort und ich wusste gar nicht, was passiert ist. Es war nichts passiert, als dass er sich nicht gemeldet hatte, doch ich war von einem Moment auf den anderen komplett verzweifelt. Was konnte ich tun außer zu warten?

Erst viel später begriff ich, dass das Verlassen ohne jede Erklärung normal ist. Wer verlässt, hat nicht das Bedürfnis zu reden und schon gar nicht, die vielen Fragen nach dem Warum zu beantworten. Wer verlässt, ist fertig mit der Beziehung. Nur der Verlassene wird nie fertig mit all seinen Fragen ohne Antwort.

Die Tage und Wochen schleppten sich dahin. Irgendwann bekam ich Post von seinem Anwalt, der mich über den Scheidungstermin informierte. Erst da begriff ich, dass Thomas überhaupt nicht mehr wiederkommen wird. Ich hatte immer geglaubt, dass uns nichts stärker und fester zusammenhält als Gesetz und Moral. Aber Thomas hatte keine Moral. Er wollte, dass ein Gericht unsere Ehe auflöst. Nie im Leben wäre ich auf die Idee gekommen, mich scheiden zu lassen.

Wir sahen uns erst vor Gericht wieder. Dort gab er an, ich würde ihn in seiner Entwicklung behindern, sei dumm und unkultiviert. Ich sagte nichts dazu, denn es hätte nichts genützt. Außerdem hatte er vollkommen Recht. Ich merkte es ja selbst und er hatte es oft genug gesagt. Obwohl ich seiner Meinung nach zu nichts tauge, lehnte er das Erziehungsrecht für die Kinder ab, weil das Sache der

Frau ist. Den vereinbarten Unterhalt für sie zahlte er jedoch nie. Unterhalt für den Partner gab es zu DDR-Zeiten nicht, weil jeder mit seiner Arbeit für sich selbst sorgen konnte. Mir wurde mit den Kindern eine Zwei-Zimmer-Wohnung zugewiesen und ich schlief auf dem Sofa. Das Ehebett hatte Thomas mitgenommen, es hätte in der kleinen Wohnung ohnehin keinen Platz gehabt.

Ich habe lange Zeit darüber nachgedacht, warum Thomas nicht mehr mit mir zusammenleben wollte, obwohl er mir nur wenige Jahre zuvor ewige Treue geschworen hat. Ich hatte mich in all den Jahren nicht verändert. Aber er hatte sich verändert. Also lag es eher an ihm und seiner Sicht der Dinge. Da kann man nichts machen. Damit musste ich mich abfinden. Mit der Zeit wurde ich ruhiger, weil ich keine Angst mehr haben musste, etwas Falsches zu sagen, oder mich für das Falsche, was ich gesagt hatte, rechtfertigen zu müssen. Ich durfte nun sein wie ich bin.

Nie wieder habe ich einen Mann in meine Nähe gelassen, auch später nicht, als die Kinder aus dem Haus waren. Doch ich habe gemerkt, wie sehr ihnen der Vater fehlte. Olaf ist vom Wesen her irgendwie zu weich und Karla zu hart. Sie ist wie ihr Vater, wie ein Mann.

*****

Dieser Gedanke erschreckt mich und reißt mich aus meinen dummen Erinnerungen. Wie bin ich nur darauf gekommen? Dass Frauen sich lieber mit Frauen zusammentun, weil eine Beziehung zu einem Mann viel zu kompliziert ist. Doch Karla war noch sehr klein und hat ihren Vater kaum gekannt. Also liegt es an meiner Erziehung? Oder hat sie später in ihrer Jugend schlechte Erfahrungen mit Männern gemacht? Ich weiß es nicht und werde es vermutlich nie erfahren.

Lotte ist jedenfalls eine sehr zarte und offenbar fürsorgliche Person. Genauso, wie meiner Meinung nach eine Frau sein sollte.

Ich gebe mich locker und sage zu Lotte, dass ich „es" irgendwie ahnte und mir gar nichts ausmacht. In Wirklichkeit finde ich es ganz entsetzlich, dass ausgerechnet meine Tochter eine Frau liebt und keine Kinder bekommen wird. Ich tröste mich, dass ich bereits zwei nette Enkel habe, Olafs Kinder.

„Ist Karla glücklich mit ihrer Arbeit?", lenke ich ab.

„Aber ja!", ruft Lotte aus. „Sie ist den ganzen Tag mit jungen Leuten zusammen."

Sie erklärt, dass sie Kinder und deren Eltern unterstützt und berät, Gruppenangebote organisiert und den Kontakt zu Schulen und Ausbildungsbetrieben hält.

„Es gefällt ihr, dass kein Tag wie der andere ist. Nur der Schmutz stört sie."

„Welcher Schmutz?"

„Die Asylanten verstehen den Sinn der Abfalleimer nicht."

Sie lacht und überspielt mit ihrer Fröhlichkeit Unangenehmes, ohne zu beschönigen oder gar peinlich berührt zu wirken. Das gefällt mir.

Ich erzähle ihr von meiner Freundin Steffi, die in den 70ern mit ihrer Studentengruppe regelmäßig den Unrat rings um die Ausländerwohnheime aufsammeln musste, den diese Studenten einfach aus dem Fenster warfen.

*****

Am Abend meldet sich meine Schwester Birgit und sagt unser geplantes Treffen für den nächsten Tag ab. Sie nimmt an einer wichtigen Ärztetagung teil, um sich über den neuesten Stand einer Krankheit zu informieren.

„Bei uns Ärzten gibt es wegen des Virus große Verunsicherung", erklärt sie.

Ich verstehe davon nichts, weil ich mich nicht für Medizin interessiere. Zum Glück bin ich gesund und muss zu keinem Arzt. Birgit ist allerdings der Meinung, dass ich mich trotzdem in jedem Jahr gründlich untersuchen lassen muss. Wozu soll das gut sein, wenn mir doch nichts fehlt?

Es ist nur jammerschade, dass wir uns nun nicht sehen können.

*****

Für das Wochenende sind frühlingshafte Temperaturen von bis zu achtzehn Grad vorhergesagt. Das wird den Schnee schmelzen lassen, die Straßen und Fußwege werden nicht mehr weiß leuchten und die im Schnee versteckten Hundehaufen kommen zum Vorschein.

Doch heute gehe ich noch einmal in den Wald. Leider hat die Sonne die obere Schneeschicht geschmolzen, so dass er sulzig, zum Teil sogar matschig und nass ist. Zurück durch die Gartenanlage läuft es sich angenehmer, weil die Wege bereits zum Teil schneefrei sind. Außerdem ist die Erde noch gefroren, so kann ich leicht ausschreiten.

März

„Wissen Sie schon das Neuste?", fragt mich Frau Köhler.

Mich interessieren keine Neuigkeiten. Zeitung lese ich nicht und die Nachrichten im Fernsehen machen mich nur depressiv, weil es nur um Unfälle, Intrigen, Terror, Kriege und Krisen geht. Offenbar sind nur schlechte Nachrichten gute Nachrichten. Genauso zuwider sind mir Krimis, in denen sich die Menschen belügen, betrügen oder gar töten. Ich schalte den Apparat nur ein, wenn es eine Dokumentation über Tiere gibt oder eine Kochsendung. Beides wird häufig gesendet, sogar Wiederholungen davon. Doch es macht mir nichts aus, einen Bericht zweimal oder noch öfter zu sehen.

Trotzdem frage ich höflich: „Wovon sprechen Sie?" „Vom Virus natürlich!"

Spricht sie vom gleichen Virus, das meine Schwester in Berlin erwähnte? Und wenn schon! Interessant sind derartige Informationen nur für Ärzte. Ich habe damit nichts zu tun.

„Man soll jeden Kontakt meiden und nur zum Einkaufen die Wohnung verlassen, ansonsten daheim bleiben."

So halte ich es ohnehin, seit ich Rentner bin. Ich bin nicht krank. Ich bin gesund bis auf einige alterstypische Wehwehchen. Meine kleinen Runden um den Block oder über den Friedhof werden mich nicht krank machen.

„Sie dürfen nicht mehr reisen, nicht einmal an die Ostsee."

„Will ich gar nicht."

Dafür hätte ich ohnehin kein Geld.

„Alle Schulen und Kitas schließen."

Jetzt übertreibt sie und zwar gewaltig. Warum sollte man Schulen und Kindergärten schließen? Es sind schließlich keine Ferien.

„Zum Friseur dürfen Sie auch nicht mehr."

„Wieso das? Aller acht Wochen lasse ich mir die Haare schneiden. Damit werde ich jetzt im Alter nicht aufhören."

Frau Köhler behauptet, dass sämtliche Friseure schließen müssen und nennt mir eine Bekannte, die daheim frisiert. Daher weht also der Wind!

„Sie wollen wohl Ihrer Freundin einen Kunden vermitteln?"

Manchmal ist es gut, etwas misstrauisch zu sein. Sie schaut mich an, als hätte ich etwas ganz Dummes gesagt.

„Ab sofort brauchen Sie für den Bus und den Einkauf eine Maske."

Erleichtert lache ich auf, denn nun ist mir klar, dass die Frau nur scherzt. Allerdings mag ich derartige Späße nicht. Wozu soll es gut sein, den Leuten einen Bären aufzubinden? Noch unsinniger wäre eine Maske, denn das Gesicht verbergen nur die, die nicht erkannt werden wollen, weil sie eine böse Absicht verfolgen.

„Besuche sind ausdrücklich verboten", redet sie weiter. „Man darf sich weder draußen noch in der Wohnung oder in einem Gasthof treffen. Die Polizei überwacht das. Wer sich nicht an die Regeln hält, wird bestraft."

Bestraft? Wenn ich mit meiner Familie meinen Geburtstag feiere? Das glaube ich nicht.

„Die Regeln gelten ab Sonntag."

Am Sonntag habe ich Geburtstag. Mein Sohn will zum Kaffee kommen und vielleicht sogar die beiden Enkel. Leider besuchen mich meine ehemaligen Kollegen nicht mehr. Verstehen kann ich das nicht, denn so lange wir zusammen arbeiteten, haben wir auch zusammen gefeiert. Jetzt bin ich Rentner und werde nicht einmal zu den Betriebsfeiern eingeladen.

„Wissen Sie, das ist alles nicht so schlimm", behauptet Frau Köhler.

Die hat gut Reden. Sie hat ja auch keinen Geburtstag.

„Schlimm ist, dass ich meinen Vater im Pflegeheim nicht mehr besuchen darf. Ich kann ihn nicht einmal anrufen, weil er im Bett liegt und nicht allein abheben kann. Er versteht das alles nicht, weil er dement ist."

Ich bin nicht dement, aber ich verstehe das auch nicht.

„Ich will bei ihm sein, seine Hand halten und ihm von früher erzählen. Doch das ist jetzt verboten. Ich weiß nicht, wie ich meinem Vater beistehen kann."

Dazu kann ich nichts sagen, zumal ich ihr diesen Unsinn nicht glaube. Man hört so viel, dass Psychologen selbst eine Therapie brauchen. Das ist genauso wie bei Lehrern, die ihre eigenen Kinder nicht gescheit erziehen können.

*****

Meine Mutter lebte vier Jahre lang im Pflegeheim.

Im letzten Jahr ist sie dort gestorben. Ich habe sie fast jeden Tag besucht. Wenn das wahr ist, was Frau Köhler erzählt, werde ich nun nicht mehr traurig sein, weil sie nicht mehr lebt, denn eine Zeit ohne Besuche hätte weder sie noch ich verkraftet. Sie wäre wohl recht schnell an Kummer und Vereinsamung gestorben. Nun liegt sie im Grab bei meinem Vater, der ihr zwanzig Jahre vorausgegangen ist.

Trotzdem ist mir auf einmal so traurig zumute, weil ich allein lebe und keine Aufgabe mehr habe, mich um niemanden mehr kümmern muss. Wer wird wohl für mich da sein, wenn ich meinen Haushalt nicht mehr allein bewältigen kann oder gar krank werde? Wenn ich sogar meinen Geburtstag allein feiern muss!

Aber ich bin nicht allein. Olaf ist gekommen. Er überreicht mir einen großen Strauß Frühlingsblumen und einen Präsentkorb aus dem Supermarkt.

„Mutsch, ich wünsche dir Gesundheit und ein langes Leben."

Das sind die typischen Wünsche für alte Leute: Gesundheit und ein langes Leben, weil wohl beides nicht sehr wahrscheinlich ist. Und dann dieser ebenfalls typische Präsentkorb: Pralinen, Sekt, Eierlikör, Honig, Kaffee und Leberwurst im Glas. Gebrauchen kann ich alles, das stimmt schon. Ach, ich will nicht undankbar sein. Es ist wohl die Einsamkeit, die mich so traurig stimmt, obwohl es keinen Grund dafür gibt.

„Viel Zeit habe ich nicht", sagt Olaf, „aber Kaffee und Kuchen nehme ich gern."

Ich habe nur den kleinen Tisch in der Küche gedeckt, weil ich außer Olaf keinen weiteren Besuch erwarte. Die Enkel sangen das englische Geburtstagslied aufs Handy und schickten eine Art gezeichnete Bildchen: ein lachendes Gesicht mit Herzen statt Augen, eine Torte mit Kerzen drauf und einen kleinen Hund mit Blumen im Maul. Was soll ich damit? Ein Anruf oder eine Umarmung wären mir ungleich lieber gewesen. Doch leider können sie nicht kommen, auch sonst niemand.

Normalerweise backe ich drei Kuchen: Streuselkuchen, Eierschecke und Quarktorte. Heute gibt es nur Quarktorte. Selbst die ist zu viel. Wer soll das alles essen?

Olaf stochert in seinem Stück herum, ohne etwas davon in den Mund zu stecken. Aller Augenblicke schaut er auf sein Handy, als ob er auf eine dringende Nachricht wartet.

„Schmeckt dir die Torte nicht?", frage ich besorgt.

„Schon." Er rutscht auf seinem Stuhl hin und her und fährt sich mit der Hand über die Augen. „Ich könnte einen Schnaps brauchen."

So etwas habe ich nicht, nur Eierlikör. Außerdem ist Olaf mit dem Auto hier, weshalb er nicht einmal den Sekt anrührt.

„Ist dir nicht gut?"

Schon als er zur Tür herein kam, fiel mir auf, dass er blass um die Nase und obendrein unrasiert ist. Bisher achtete er eher penibel auf sein Aussehen und war nie nachlässig.

„Ach", wehrt er ab.

Um seine Mundwinkel zuckt es. Hat er Sorgen? Oder ist er etwa krank und will nicht darüber sprechen? Dann erfahre ich gar nichts, schon gar nicht, wenn ich ihn einfach frage. Weil er schon als Kind entweder zu heftig oder gar nicht reagierte, wurde er in der Schule verspottet und manchmal sogar verprügelt. Ich halte Empfindsamkeit nicht für eine Schwäche, sondern eher für eine besondere Stärke. Trotzdem wäre mir lieber, wenn Olaf weniger davon hätte und Karla dafür mehr. Für mich passt es besser, wenn eine Frau feinfühlig ist und der Mann etwas ruppiger. Olaf wählte als Ausgleich zu seiner sanften Art eine recht burschikose Frau. Jenny.

Ich mag ihre offene und direkte Art gern. Sie schaut mich aufmerksam an, wenn sie mit mir spricht. Olaf dagegen blickt immer zur Seite oder auf den Boden. Und Karla hört mit gerunzelter Stirn zu, als wüsste sie, dass ich Blödsinn reden werde.

„Wir lassen uns scheiden", sagt Olaf leise.

Erschrocken halte ich beide Hände vor den Mund und denke an meine eigene Scheidung. Ich war damals am Boden zerstört, als ich plötzlich mit den zwei kleinen Kindern allein zurecht kommen musste. Die meisten Scheidungskinder sind etwa drei oder vier Jahre alt – wie meine Kinder damals und Olafs Kinder heute. Tragen also die Kinder eine Art Mitschuld allein durch ihr Alter? Oder ist eine Ehe nach sechs bis acht Jahren automatisch am Ende? Immerhin wird jede dritte Ehe in genau dieser Zeit geschieden.

„Aber warum wollt ihr euch trennen?"

„Jenny nennt mich Traumtänzer."

„Das ist doch nicht schlimm."

Olaf ist tatsächlich ein Träumer und scheint oft keinen Bezug zur Realität zu haben. Er verbohrt sich in Nichtigkeiten, während er das große Ganze einfach nicht wahrnimmt. Er hilft gern, auch wenn keine Hilfe nötig ist. Deshalb glaubte ich, Altenpfleger sei der richtige Beruf für ihn. Doch das war ein Irrtum, denn Olaf ist ein eher hilfloser Helfer und ertrug das Leid der Bewohner nicht. Er wurde von Tag zu Tag stiller und zog sich immer mehr zurück, so dass ich fürchtete, er tut sich etwas an.

Genau in dieser Zeit lernte Olaf Jenny kennen und fand wieder Freude am Leben. Sie riet ihm, als Quereinsteiger in eine Kita zu wechseln. Diese Arbeit gefiel ihm sofort, obwohl er während der ersten zwei Jahre noch kein volles Gehalt bekam.

*****

64

Mich hat das anfangs sehr befremdet, denn das ist keine Arbeit für einen Mann. Aber Olaf hält männliche Rollenvorbilder für die Kleinen wichtig. Er behauptet, er sieht viele Dinge anders als seine weiblichen Kollegen.

„Ist das nicht anstrengend?", fragte ich, als ich mir das Geschrei vieler Kinderstimmen vorstellte.

„Aber nein! Wenn ich zum Beispiel zum Malen von Autos einlade, nehmen selten mehr als zwei an der Beschäftigung teil."

Nur zwei? Das verstand ich nicht. Früher malte die gesamte Gruppe gemeinsam.

„Die Jungs malen nicht gern und die Mädchen malen keine Autos."

Also gibt es doch deutliche Unterschiede zwischen den Geschlechtern, auch wenn Olaf das nach wie vor abstreitet.

„Die Kinder spielen das, was sie gerade möchten oder gehen von sich aus in die Kuschelecke, um einmal Ruhe zu haben. Man nennt das antiautoritäre Erziehung."

Für mich klingt das überhaupt nicht nach Erziehung, wenn das Kind immer nur macht, was ihm gefällt.

„Aber was wird, wenn sie in die Schule kommen und dort eine ganze Stunde stillsitzen und aufpassen müssen? Das haben sie in einem Kindergarten nie gelernt."

Olaf lachte.

„Du stellst dir die Schule noch so vor, wie sie früher war. Heute sitzt man nicht mehr in Reihen und schaut vor zur Tafel, wo der Lehrer steht. Heute sitzen sie in kleinen Kreisen oder auf Kissen auf dem Boden. Heute nimmt man Rücksicht auf die Bedürfnisse der Kinder."

Aber sie gehen doch zur Schule, um etwas ganz Bestimmtes in einer ganz bestimmten Zeit zu lernen und nicht, um Spaß zu haben und sich wohl zu fühlen.

„Es gibt immer eine zweite Person, die sich um die Kinder kümmert, deren Konzentration nachlässt."

„Wie meinst du das?"

„Diese Schüler dürfen dann in die Spielecke."

„Mitten im Unterricht?"

Ich war fassungslos und glaube noch immer nicht, dass das gut für die Entwicklung ist, wenn ein Kind spielen darf, weil es nicht aufpassen mag.

„Der andere Erwachsene hilft auch, wenn ein Kind die Seite im Buch nicht findet oder eben langsamer ist."

*****

Olaf rührt in seinem Kuchen, der schon ganz pappig ist und in kleinen Klümpchen auf dem Teller klebt. Ich mag gar nicht hinschauen.

„Ich muss gehen", sagt er und steht auf.

Doch ich packe seinen Arm und halte ihn zurück.

„Warte!"

Ich umfasse seine Hand und ziehe ihn an mich. Er drückt seinen Kopf lange auf meinen und setzt sich schließlich wieder hin. Dabei wirkt er auf einmal endlos erschöpft.

„In jeder Ehe gibt es gute und schlechte Tage. Ihr solltet vor allem an die Kinder denken. Sie sind noch so klein."

„Ich weiß."

Olaf seufzt und zuckt müde mit den Schultern.

„Denke an deine eigene Kindheit, als dein Vater plötzlich verschwand!"

Karla wurde damals aggressiv und zerstörte ihre Spielsachen, während Olaf sich komplett zurückzog und für nichts mehr interessierte. Das wurde erst besser, als beide zur Schule gingen und andere Scheidungskinder kennenlernten.

„Ich weiß", wiederholt er. „Deshalb möchte ich immer für meine Kinder da sein."

Wenn das funktioniert, könnte es gut gehen. Ich weiß nur, dass sich Scheidungskinder später in ihrer eigenen Ehe ebenfalls leicht trennen, weil sie offenbar Trennungen für normal halten – wie Olaf. Oder sie heiraten nicht, weil sie Trennungen fürchten – wie Karla.

„Jenny ist aber der Meinung, dass ein eindeutiger Schnitt für die Kinder besser ist als dieses Hin und Her zwischen ihren Eltern." Olaf kaut auf seinen Lippen. „Ich möchte lieber in ihrer Nähe bleiben und sie so oft wie möglich sehen."

Ich weiß, wie sehr er an seinen Kindern hängt und überlege, welche tröstenden Worte oder Ratschläge ich ihm mit auf den Weg geben kann. Doch im Grunde muss er mit dieser entsetzlichen Situation allein fertig werden.

„Darüber streiten wir am meisten."

Kein Paar, das sich einmal geliebt hat, geht ohne Streit auseinander.

„Nimm für die Kinder Torte mit!"

Doch Olaf schüttelt den Kopf. Heißt das, sie sind bereits mit ihrer Mutter ausgezogen und er kann ihnen die Torte nicht geben? Trotzdem packe ich vier Stück ein und stecke sie in seine Tasche.

Beim Abschied sagt er: „Jenny wird noch in dieser Woche mit den Kindern zu ihren Eltern ziehen, wo ich sie nicht besuchen darf."

„Ich glaube nicht, dass sie es dir verbieten kann."

Olaf zuckt mit der Schulter.

„Ins Haus einbrechen kann ich jedenfalls nicht."

Nachdem Olaf verschwunden ist, stehe ich noch eine ganze Weile in der Küche und betrachte meine Torte, als könne sie mir Antwort geben. Mir ist entsetzlich traurig zumute. Mein Mann wollte seine Kinder nicht sehen, was schwer für sie und auch für mich war. Olaf möchte seine Kinder sehen, darf es aber nicht, was schwer für alle ist. Es tut mir weh, dass ich ihm nicht helfen kann und mir auch nicht, denn vermutlich werde ich nun meine Enkel kaum noch zu Gesicht bekommen.

*****

Endlich reiße ich mich zusammen, packe ein Stück Quarktorte auf einen Teller und trage ihn hinauf zu Frau Köhler. Ich erzähle ihr, dass meine Schwiegertochter sich von Olaf trennen will und ihm den Kontakt zu seinen Kindern verbietet.

„Das darf sie nicht, denn er hat ein gesetzlich zugesichertes Besuchsrecht."

Das werde ich ihm sagen, doch ich vermute, dass er nicht den Mut hat, sein Recht einzufordern.

„Andererseits halte ich eine kurze und eindeutige Trennung besser für die Kinder als dieses ständige Hin und Her zwischen Vater und Mutter. Wenn sie ihren Vater nur an jedem zweiten Wochenende sehen, erleben sie nie den Alltag mit ihm, sondern erwarten, dass er ihnen etwas bietet. Etwas Besonderes wie Zirkus, Zoo, Eisbahn, Halligalli eben. Sie erwarten es nicht nur, sie fordern diesen Ausnahmezustand ein und wären mit bloßem Zusammensein nicht zufrieden. Es darf am Abend nicht nur eine Scheibe Brot geben, nicht einmal, wenn sie mit einer albernen Gesichtswurst belegt ist. Es muss zwingend eine Pizza sein oder Plinsen mit Eis oder Kartoffelpuffer mit Apfelmus. Sie brauchen vor dem Zubettgehen zumindest eine Kissenschlacht, damit sie keinen Grund haben, sich zu beklagen, wie langweilig es beim Papa ist. Sie erwarten pausenlose Unterhaltungen, die alle Erwartungen übertreffen und wehe, diese Erwartungen werden enttäuscht."

So krass hatte ich das zwar nicht gesehen, doch es ist viel Wahres daran.

Nun ist immer noch die halbe Torte übrig. Was soll damit werden? Einfrieren mag ich sie nicht, denn frisch schmeckt sie am besten.

Mir fällt Herr Friedrich ein. Ob ihm wohl Quarktorte schmeckt? Ist er auch so allein wie ich? Als er hier im Haus zu tun hatte, kam er jeden Tag zu mir und freute sich über Kaffee und Kuchen oder Hackepeterbrötchen. Wir haben zusammen gegessen und uns nett unterhalten. Das gefiel mir gut. Wie es ihm wohl geht?

Am liebsten würde ich ihn jetzt sofort anrufen und fragen, ob er Lust hat, mich zu besuchen. Doch ich habe seine Nummer nicht. Ob Frau Köhler seine Nummer kennt? Schließlich gehört ihr die Wohnung und sie hat deshalb ganz andere Kontakte als ich zur Hausverwaltung. Die Hausverwaltung! Sie müsste die Nummer kennen. Doch was sage ich, warum ich Herrn Heinrich sprechen will? Es müsste etwas sein, was er bei mir reparieren soll. Am besten wieder den Wasserhahn.

Noch am gleichen Nachmittag steht er vor mir und will sofort in die Küche, um den Schaden zu beheben. Aber dort gibt es gar keinen Schaden.

„Alles in Ordnung!", sagt er und schaut mich fragend an.

„Der Hahn hat getropft!", behaupte ich trotzig. „Ich komme überhaupt nicht mit ihm zurecht. Vielleicht sollte ich einen ganz anderen haben."

„Den müssten Sie allerdings selbst bezahlen", gibt er zu bedenken.

„Darüber muss ich nachdenken, denn besonders hoch ist meine Rente nicht."

Dann kommt mir eine Idee und ich bitte ihn, mir seine Nummer zu geben, damit ich ihn gleich anrufen kann, wenn ich mich entschieden habe.

„Melden Sie sich bei der Verwaltung!", fertigt er mich kurz angebunden ab und verschwindet.

Fassungslos stehe ich in der Küche und ärgere mich über mich selbst, weil ich es nicht fertigbrachte, ihn zu einer Tasse Kaffee mit Quarktorte einzuladen. Alles ging so furchtbar schnell. Wütend kippe ich die Torte in den Mülleimer und ärgere mich hinterher noch mehr, weil ich kein einziges Stück für mich abgeschnitten habe.

*****

Eine Woche später rufe ich bei der Verwaltung an.
„Bitte schicken Sie Herrn Heinrich zu mir!"

„Was ist es dieses Mal?", fragt die Dame leicht genervt.

„Was heißt: dieses Mal? Ich habe ein Problem, das ich allein nicht bewältigen kann."

„Lassen Sie einen Handwerker kommen!"

„Ist Herr Friedrich kein Handwerker?"

„Schon. Aber für kleine Reparaturen muss der Mieter selbst aufkommen."

„Woher soll ich wissen, ob es eine kleine Reparatur ist oder eine größere?"

„Ich werde Herrn Friedrich informieren. Doch ob er noch einmal Zeit für Sie findet, weiß ich nicht."

Was soll das heißen? Hat er generell keine Zeit oder nur für mich nicht? Ein Handwerker muss dort arbeiten, wo er gebraucht wird. Notfalls bezahle ich die Summe, die er verlangt. Viel wird es nicht sein, wenn er gar nichts zu tun hat.

Bereits am nächsten Tag klingelt es an meiner Tür und Herr Friedrich steht vor mir.

„Wo klemmt´s?", fragt er munter.

„Wieder in der Küche", antworte ich etwas verlegen.

Eigentlich ist bei mir alles in Ordnung und ich überlege krampfhaft, was er reparieren könnte.

Breitbeinig steht er in meiner Küche und schaut sich um. Er füllt fast den ganzen Raum aus. Links ist die kleine Küchenzeile, rechts der Kühlschrank und schon halb vor dem Fenster ein Essplatz für zwei Personen.

„Nehmen Sie Platz! Ich muss nachdenken. Wissen Sie, das Alter ...“

„So alt sind Sie nun wirklich nicht!“

Er lacht und zeigt dabei schöne gepflegte Zähne. Das sieht man nicht so häufig bei einem älteren Mann.

„Wenn ich gewusst hätte, dass Sie heute kommen, hätte ich einen Kuchen gebacken.“

Wieder lacht Herr Friedrich.

„Ich komme nicht, um Kuchen zu essen.“

„Nicht? Aber ein Käffchen darf´s sein?“

„Das schlage ich nicht ab.“

Meine Hand zittert, als ich das Wasser in die Maschine fülle und noch mehr, als ich die Tasse vor ihn stelle. Was ist nur los mit mir?

„Kekse hätte ich oder eine Schnitte mit Käse und Schinken.“

Prüfend schaut er mich an und fragt: „Was wollen Sie von mir?“

Normalerweise mag ich es, wenn die Leute keine Umstände machen, sondern frei sagen, was sie zu sagen haben. Doch heute ist es mir peinlich. Und so entstehen einige unangenehm stille Minuten, die ich überbrücke, indem ich nach dem Kaffee schaue. Er ist fertig und ich gieße ihn in unsere Tassen. Nun muss ich antworten.

„Ich mag Ihre Gesellschaft“, gebe ich zu und spüre, wie sehr meine Wangen brennen. Sicher ist mein

Gesicht rot wie eine Tomate.

„Und deshalb bestellen Sie mich einfach hierher?"

Beschämt nicke ich. Was soll ich auch sagen? Ich weiß, dass mein Verhalten ungehörig ist. Und das in meinem Alter! Ob ich ihm sage, dass ich mich einsam fühle?

„Verstehen Sie mich bitte nicht falsch!", stammle ich. „Aber ich finde Sie sympathisch. Wir haben uns doch so gut unterhalten, als Sie oben in der Wohnung zu tun hatten."

Herr Friedrich sagt nichts, während ich überlege, was ich ihn fragen könnte, damit er noch ein Weilchen hier sitzen bleibt. Doch mir will nichts einfallen.

„Ihr Dialekt … Sie sind kein Chemnitzer, oder?"

Er schüttelt lächelnd seinen Kopf.

„Ich komme aus Spremberg."

Das sagt mir gar nichts.

„Wo liegt dieser Ort?"

„In der Lausitz, nicht weit von Cottbus entfernt."

„Ah!", rufe ich aus, obwohl ich weder Cottbus noch die Lausitz kenne und schon gar nicht Spremberg.

„Meine Eltern haben noch sorbisch bzw. wendisch im Alltag gesprochen."

Ich erinnere mich gut an einen Lehrfilm in der Schule. Darin trugen Frauen ungewöhnlich bunte Trachten und bemalten Eier für das Osterfest, deren kunstvolle Verzierungen mich faszinierten. Eier gelten in vielen Kulturkreisen als Ursprung des Lebens und sind ein Fruchtbarkeitssymbol. Sorbisch ähnelt eher dem Polnischen als dem Deutschen.

„Aber wie kamen Sie nach Chemnitz?"

„Ich habe in Dresden Maschinenbau studiert und hätte hinterher gern in den Spremberger Textilwerken gearbeitet. Doch ich bekam eine Stelle in Karl-Marx-Stadt zugewiesen."

Das weiß ich noch von meinen beiden Schwestern, dass man sich die Arbeitsstelle damals nicht aussuchen konnte. Ich dagegen durfte bzw. musste in meinem Ausbildungsbetrieb bleiben.

„Ich wollte nicht nach Karl-Marx-Stadt, aber es half nichts. Ich musste in der Baumwollspinnerei arbeiten und im Arbeiterwohnheim wohnen." Herr Friedrich lächelt versonnen. „Dort lernte ich meine Frau kennen."

Er ist also verheiratet! Das hätte ich mir denken können. Wieso konnte ich glauben, er lebt allein und freut sich über meine Gesellschaft? Beschämt betrachte ich meine Hausschuhe, obwohl es dort gar nichts zu sehen gibt.

Herr Friedrich trinkt seinen Kaffee aus.

„Ich gehe dann mal wieder", brummt er. „Nichts für ungut!"

Er will schon wieder gehen?

„Warten Sie! Ich habe noch eine Frage, die mir auf der Seele brennt. Sie sagten, Sie haben Maschinenbau studiert. Wie kommt es, dass Sie heute als Fliesenleger, Maler und Klempner arbeiten?"

75

„Das habe ich mir selbst beigebracht, alles aus der Not heraus lernen müssen."

Ich warte ab, ob er von selbst weitererzählt. Männer lassen sich nicht gern drängen oder gar ausfragen.

„Nach der Wende ging es mit dem Werk bergab. Als ich entlassen wurde, habe ich alles gemacht, was ich greifen konnte."

„Das ist ja furchtbar!", rufe ich aus.

„Im ersten Jahr fand ich die Situation auch furchtbar. Ich fühlte mich unnütz. Doch nie in meinem ganzen Leben habe ich so viel gelernt und begriffen wie in dieser Zeit, was mir heute nützlich ist."

Für ihn war es nützlich, aber auch für mich, denn nur deshalb habe ich ihn kennengelernt. Doch leider ist er verheiratet, obwohl er auf mich gar nicht verheiratet wirkt. Was soll´s? Es ist wie es ist – auch wenn es mir nicht gefällt. Auf jeden Fall sollte ich den Mann endlich in Ruhe lassen.

Ich räume das Geschirr vom Tisch, während Herr Friedrich bereits meine Wohnung verlässt.

*****

Am Abend sitze ich wie immer allein auf meinem Sofa und schaue in die „Glotze". Es kommt eine Sendung über einen Markt in Kroatien. Ich kenne Kroatien nicht. Eigentlich kenne ich nur das von der Welt, was im Fernsehen gezeigt wird.

Im Ausland war ich nur ein einziges Mal als Lehrling zu einem Tagesausflug in die Tschechei. Dort passierte etwas sehr seltsames, denn ich traf ein Mädchen, das etwas älter war als ich, ansonsten aber genauso aussah wie ich. Als würde ich in den Spiegel schauen: dichte dunkelbraune Haare, graublaue Augen und den gleichen Mund. Keine meiner zwei Schwestern sieht mir auch nur annähernd ähnlich und hier hatte ich einen echten Doppelgänger vor mir. Als junges Mädchen fand ich diese Begegnung lustig, heute ärgere ich mich, sie nicht angesprochen zu haben. Es muss einen Grund dafür geben, dass es einen Menschen gibt, der genauso aussieht wie ich. Vielleicht hatte mein Vater vor der Heirat schon ein Kind, von dem wir nichts wussten? Ich habe es nie herausgefunden.

Im Fernsehen zeigen sie jetzt, wie mit einem Netz Fische aus dem Meer gezogen und in große Behälter gekippt werden. Die Fische zappeln und schnappen nach Luft. Oder nach Wasser. Sie brauchen das Wasser, weil sie nicht wie wir Menschen den Sauerstoff aus der Luft, sondern aus dem Wasser filtern. Ich ertrage ihre Not nicht und schalte den Fernseher aus. Fische sind genauso Lebewesen wie Hühner und Kühe. Aber keiner denkt sich etwas dabei, Fische vor unseren Augen elend verenden zu lassen. Ich mag das nicht sehen. Es deprimiert mich nur.

Überhaupt bin ich in letzter Zeit empfindlich. Alles geht mir an die Nieren, auch Dinge, die mich gar nichts angehen. Seltsamerweise denke ich neuerdings viel über meine Ehe nach, obwohl diese seit fünfunddreißig Jahren beendet ist. So lange lebe ich nun schon allein, aber einsam fühle ich mich erst jetzt, seit ich zur Ruhe komme. Seit ich nicht mehr arbeite, habe ich Zeit zum Nachdenken, zum Grübeln und zum Trübsalblasen.

Glücklich war ich vorher auch nicht, aber zufrieden mit meinem Leben, denn ich hatte meine Aufgaben in der Großküche. Die Arbeit war hart mit all den schweren Töpfen und Wannen, immer unter Zeitdruck und immer in großer Hitze, aber sie war wichtig.

Jetzt habe ich meine Ruhe und könnte es mir gut gehen lassen, den ganzen Tag auf dem Sofa liegen und fernsehen. Aber dazu fehlt mir die Lust. Ich habe nie gern geredet, doch jetzt, wo niemand zum Reden da ist, würde ich sehr gern reden. Sogar mit meinem Ex-Mann.

*****

Über diesen Gedanken wundere ich mich, denn mit meinem Mann konnte ich gar nicht reden. Er erklärte mir ausführlich die Dinge, die ich wissen sollte, obwohl ich sie gar nicht wissen wollte. Doch auf meine Fragen antwortete er nicht, weil ich seiner Meinung nach sowieso nichts verstand.

„Mein Dummerchen taugt zu nichts anderem als zur Küchenarbeit", sagte er oft.

Ich bin nicht dumm und tauge ganz sicher auch zu anderen Arbeiten. Doch ich wollte nie etwas anderes als Koch werden. Das stand für mich schon als kleines Mädchen fest.

Thomas lachte auf viele verschiedene Arten. Auf eine fröhlich lockere Art lachte er selten, eher amüsierte er sich über die Dummheit und das Pech anderer Leute. Dann klang sein Lachen gepresst und gehässig, manchmal sogar böse.

„Ich weiß nie, ob du dich amüsierst oder ärgerst", beklagte ich mich.

„Glaubst du etwa, ich will, dass du weißt, was ich denke? So weit kommt´s noch!"

Dabei lachte er mich an, als hätte er nicht soeben etwas ganz besonders Grausames gesagt.

Thomas fand seine Bemerkungen witzig und wenn ich nicht schnell genug lachte, wurde er wütend und schimpfte: „Du bist humorlos, was wieder einmal deine unendliche Dummheit beweist."

Einmal sagte er, als er den Raum verließ: „Jetzt kannst du ungestört in der Nase bohren."

„Aber ich bohre nicht in der Nase!"

„Das war ein Witz, du dämliche Kuh!", schrie er.

Ich verstand einfach seine Späße nicht und wurde mit den Jahren immer verkrampfter. Und stiller.

Thomas hat mich vom ersten Tag an irritiert, was mich hätte warnen sollen. Ich lernte ihn auf einer Hochzeit kennen. Wir waren Tischnachbarn und ich ärgerte mich über ihn, weil er pausenlos über das Brautpaar und die Gäste lästerte. Trotzdem sprach er mit jedem so innig heiter, dass ich nicht schlau aus ihm wurde. Vermutlich habe ich ihn genau deshalb mehr beachtet als andere junge Männer. Halb stieß er mich ab, halb faszinierte er mich. Wandte ich mich ab, suchte er das Gespräch mit mir. Bemühte ich mich um seine Aufmerksamkeit, ließ er mich stehen.

Und doch wurden wir recht schnell ein Paar. Meine Gedanken kreisten ständig um ihn, weil ich nahezu rund um die Uhr überlegte, ob er heute gut oder schlecht gelaunt war und ob wir überhaupt eine Beziehung hatten. Ich litt, wenn er mich wochenlang nicht sehen wollte oder war überglücklich, wenn er mit mir ins Kino ging und freundlich zu mir war.

Meine Schwestern rieten mir, ihn zu vergessen. Er würde nichts taugen, weil er nicht weiß, was er will. Aber ich wollte herausfinden, was er will und genau das hielt mich in seinem Bann.

Ich erinnere mich noch sehr genau an seinen Heiratsantrag. Er küsste meine Stirn und fragte, ob ich im Frühling oder Sommer heiraten will. Ich war so glücklich, dass er mich wollte, weil ich so verliebt in ihn war und fühlte mich wie im siebten Himmel. Im gleichen Moment holte er mich auf den Boden zurück, indem er mir erklärte, dass die Ehe kein Glücksspiel ist und nichts mit Romantik zu tun hat. Eher mit Vernunft. Ich war zwar ein wenig enttäuscht, aber meine Auffassung von Liebe basierte auf den Schlagern, die ich so gern hörte, und den Erzählungen meiner Schwestern. Also glaubte ich ihm. Ich hielt ihn für klug und dachte, dass Vernunft wirklich eine bessere Basis für die Ehe ist als kindische Schwärmerei. Unsere Ehe würde ewig halten. Anfangs lief auch alles gut. Ich ließ mich gern von ihm führen, weil er so redegewandt und gescheit war. Drei Jahre nach der Hochzeit wurde Olaf geboren. Ich gab ihn mit drei Monaten in die Kinderkrippe, weil das damals so üblich war. Nach Karlas Geburt blieb ich ein ganzes Jahr daheim, weil es für das zweite Kind ein bezahltes Babyjahr gab.

Obwohl ich nun mehr Ruhe für Kinder und Haushalt hatte, litt ich plötzlich unter starker Migräne. Mir war ständig übel, Licht und jedes Geräusch schmerzte mich körperlich. Sogar das Lachen der Kinder hämmerte wie ein Schlagbohrer in meinem Kopf.

Zuerst glaubte ich, Thomas wäre genauso glücklich über unsere kleine Familie wie ich. Aber er sagte, wir stören sein gewohntes Leben. Er brauche seinen Freiraum und verschwand manchmal für mehrere Tage. Ich weiß bis heute nicht, wohin. An den Wochenenden besuchte er Museen und

Konzerte, während ich mit den Kindern in den Wald oder ins Schwimmbad ging.

Meine Schwestern mochten ihn nicht. Sie sagten, sein Spott und Sarkasmus passen nicht zu einem liebevollen Umgang, das wäre reine Verachtung. Doch ich glaubte meinem Mann, dass ich völlig humorlos und viel zu ernst bin. Nur dumme Frauen wie ich würden die Leute und ihre Worte ernst nehmen. Er hat wohl Recht damit. Ich nehme jeden Menschen und jedes einzelne Wort ernst. Dabei merke ich nicht, wenn jemand einfach nur so daher redet oder eine Frage stellt, die gar keine Frage ist. „Bist du krank?", schrie er mich oft an, als sei das einer meiner vielen Charakterfehler oder ich sei nicht ganz richtig im Kopf.

Anfangs beeilte ich mich zu versichern, dass es mir gut geht. Auch später, als mich immer häufiger heftige Migräne-Anfälle plagten. Seltsamerweise hörten die Schmerzen etwa ein halbes Jahr nach der Scheidung von ganz allein auf, ohne dass ich Medikamente nahm.

*****

Im Waschkeller treffe ich Frau Köhler. Sie wirkt unzufrieden.

„Funktioniert Ihre Maschine nicht?", frage ich und denke sofort an Herrn Friedrich, der das reparieren könnte.

Bei dieser Gelegenheit würde ich ihn sehen und könnte ihn zum Kaffee einladen.

„Nein, mit der Technik ist alles in Ordnung."

Also bereitet ihr etwas Anderes Sorgen. Das höre ich an der Stimme und sehe es ihrem Gesicht an.

„Haben Sie Kummer?", erkundige ich mich.

Während ich die Wäsche auf die Leine hänge, erzählt sie, dass nur sie ihren Vater im Pflegeheim besuchen darf, obwohl sie noch vier weitere Geschwister hat.

„Wieso das?"

„Das weiß ich nicht. Ich weiß nicht einmal, wer das so festgelegt hat. Meine Schwester ist derart verärgert darüber, dass sie kein Wort mehr mit mir sprechen will. Auch mein Vater ist wütend auf mich und schimpft, weil immer nur ich zu ihm komme. Er glaubt, *ich* hätte den anderen den Kontakt verboten und würde ihn einsperren. Er möchte gern hinaus in den Park und glaubt mir nicht, dass das Heim eine Ausgangssperre für die Bewohner verhängt hat."

Ich kann das alles nicht glauben und weiß auch nicht, was ich dazu sagen soll.

Nachdem ich meine Wäsche fertig aufgehangen habe, bitte ich Frau Köhler in meine Stube. Sie schaut sich um und freut sich, wie hübsch ich das Zimmer eingerichtet habe, das vorher ihre Praxis war. Die Bettnische verdeckt ein Kleiderschrank, daneben steht das Sofa und gegenüber die Anbauwand mit dem Fernseher. Auf dem Fensterbrett und dem Bänkchen davor habe ich viele Pflanzen. Ich hole zwei Gläser und einen Eierlikör aus dem Schrank und gieße uns ein.

„Ich bin die Beate", erkläre ich.

„Und ich heiße Irene." Nach einer Pause gesteht sie, dass es noch viel mehr Ärger um ihren Vater gibt. „Ich bekam eine Mahnung von der Krankenkasse über 47,50 Euro, die mein Vater für Medikamente zahlen sollte. Ich schrieb zurück, dass er von der Zuzahlung befreit ist, was der Krankenkasse bekannt sei. Trotzdem erhielt ich eine zweite Mahnung, dieses Mal mit Mahngebühr. Wieder schrieb ich zurück und verwies auf die Befreiung. Und gestern kam ein Schreiben von einem Inkassobüro mit einer unglaublich hohen Bearbeitungsgebühr."

Ich schüttle verständnislos den Kopf und wüsste überhaupt nicht, was in solch einem Fall zu tun ist. Mir sind Ämter jeder Art unheimlich, weil ich immer das Gefühl habe, etwas falsch gemacht, ein wichtiges Dokument oder einen Termin vergessen zu haben. Ich bin sicher nicht dumm, doch die Amtsschreiben sind meist so verworren verfasst, dass ich kaum die Hälfte begreife. Doch Irene wird damit umgehen können.

„Am schlimmsten jedoch war, als bei meinem letzten Besuch ein fremder Mann bei meinem Vater saß. Ich dachte zuerst an den Pfarrer, obwohl mein

Vater nicht kirchlich ist, doch der Herr stellte sich als der neue Vormund vor."

Ein Vormund kümmert sich um jemanden, der auf Grund seine körperlichen oder geistigen Behinderung nicht für sich selbst sorgen kann. Doch Irenes Vater hat fünf Kinder, die man hätte fragen müssen, bevor ein gerichtlicher Betreuer festgelegt wird.

„Wie kann das sein?", wundere ich mich.

„Das weiß ich nicht. Vielleicht, weil ich keine amtlich bestätigte Vorsorgevollmacht habe. Mein Vater wollte das nicht, weil er über sein Leben bis zum Schluss die Kontrolle behalten will. Obwohl ich als Ansprechpartner eingetragen bin, wurde ohne jede Absprache mit mir oder meinen Geschwistern ein Vormund gerichtlich festgelegt."

Fassungslos schüttle ich den Kopf. Was kann man in solch einem Fall tun? Mich würde schon der Mut verlassen, wenn sich ein kleineres Problem ankündigt. Ich wäre nicht in der Lage, etwas dagegen zu tun.

„Was willst du nun machen?"

„Ich habe bereits alles organisiert. Zum ersten April hole ich meinen Vater zu mir nach Hause. Sein Pflegebett stelle ich in die Stube, wo der Fernseher steht und es einen Balkon gibt."

„Mutest du dir nicht viel zu viel zu?", frage ich besorgt.

„Normalerweise wäre er im Pflegeheim besser aufgehoben. Doch zur Zeit gibt es keine Veranstaltungen und auch keine Therapien und nicht einmal tägliche Besuche. Nun können meine Geschwister unseren Vater bei mir besuchen und alle werden zufrieden sein."

Morgens und abends werden Pfleger den alten Mann versorgen und tagsüber unterhält ihn Irene. Ich halte das zwar für eine wunderbare Idee, doch nun ist sie gebunden und kann nicht mehr so leicht das Haus verlassen wie früher. Sie sagt, ihr macht das nichts aus, da ohnehin keine Kulturveranstaltungen stattfinden und sie nirgendwohin reisen darf. Erst durch das Besuchsverbot ist ihr klar geworden, wie wichtig der persönliche Kontakt für ihren Vater ist. Er hatte in der Zeit, in der sie ihn nicht sehen durfte, stark abgebaut und zuletzt sogar das Essen verweigert.

April

April, April, der weiß nicht, was er will.
Bald lacht der Himmel klar und rein,
bald schaun die Wolken düster drein,
bald Regen und bald Sonnenschein!
April, April, der weiß nicht, was er will.

O weh, o weh! Nun kommt er gar mit Schnee!
Ganz greulich ist´s, man glaubt es kaum:

Heut Frost und gestern Hitze,
hcut Reif und morgen Blitze.
O weh! O weh! Nun kommt er gar mit Schnee!

Sicher habe ich einige Zeilen vergessen, aber ich weiß noch, dass das Gedicht nicht von Heinrich Heine, sondern von Heinrich Seidel stammt. Das halle ich mir als Eselsbrücke eingeprägt.
Das Wetter ist seit Tagen genauso wie in diesen Versen beschrieben. Ich sitze am Küchenfenster und beobachte die Leute, die tief gebückt den Weg entlanglaufen, um sich vor den Graupeln zu schützen, und im nächsten Moment die Kapuzen herunterziehen, weil wunderbar die Sonne scheint und keine einzige Wolke zu sehen ist. Ja, tagsüber ist draußen genug zu sehen, weshalb ich den Fernseher nur am Abend anschalte.

Für das Osterfest habe ich mir Zweige der Korkenzieherweide besorgt und mit bunt bemalten Holzeiern behangen. Auf dem Tisch liegt ein mit gelben Küken bestickter Läufer und darauf stehen meine drei geschnitzten Osterhasen. Der eine trägt eine Gießkanne, der nächste einen Korb mit Eiern und der dritte eine Blume. Ich mag sie alle drei.
Leider hat Olaf hat nur am Karfreitag Zelt für einen Besuch bei mir und Karla darf wegen Corona nicht nach Chemnitz. Trotzdem brate ich wie gewohnt die Rouladen, obwohl sich der Aufwand für zwei Personen nicht lohnt. Dafür werde ich zum ersten

Mal in meinem Leben kein frisches Rotkraut zubereiten, sondern einfach eine fertige Konserve kaufen. Nur die Klöße mache ich natürlich selbst.

*****

Wehmütig denke ich an das Osterfest im letzten Jahr, als mich beide Kinder und auch die Enkel besuchten. Ich war gerade in diese kleine Wohnung eingezogen, die nur aus einem Zimmer, einer winzigen Küche und dem Bad besteht. Mir reicht das vollkommen aus. Platz ist in der kleinsten Hütte - auch für viele Gäste. Das war schon früher so, als die meisten Leute nur eine kleine Wohnung hatten und man für Familienfeiern einfach eng zusammen rückte. Zudem war es sommerlich warm, so dass wir nach dem Essen einen langen Waldspaziergang machen und die Kinder sich austoben konnten.

Karla übernachtete auf dem Sofa, obwohl Olaf ein Gästebett besorgt hatte, eins zum Aufblasen wie eine Luftmatratze. Ich konnte ewig nicht einschlafen, weil sie ständig auf ihrem Handy herumtippte. Anrufen ist praktischer als Schreiben, obwohl ich nicht gern ans Telefon gehe. Ich hasse Telefonieren und gehe selten ran, wenn es klingelt. Anrufe stören meinen Tagesablauf. Außerdem sehe ich nicht, wie jemand guckt, während er spricht, wie er sich bewegt und wo er sich befindet. Ich brauche die Mimik, um zu sehen, ob jemand traurig oder wütend ist. Zum Schluss weiß ich nie, wie man sich verabschiedet. Ich suche ewig nach dem richtigen Satz, das Telefonat zu beenden und finde ihn nie. Für ein Gespräch brauche ich unbedingt ein direktes Gegenüber.

Gegen acht Uhr hielt ich es nicht mehr im Bett aus und schlich mich in die Küche. Dort bereitete ich das Frühstück zu, das ich am Ende allein essen musste. Als Karla endlich aufstand, war es fast schon Mittag. Also wärmte ich nur die Reste vom Vortag auf, bevor sie zurück nach Berlin fuhr.

Nun musste ich meine Wohnung aufräumen, den vielen Abwasch erledigen und den Boden wischen. Zum Glück ist Venyl sehr pflegeleicht. Eigentlich hatte ich mir Laminat gewünscht, doch schnell gemerkt, dass Venyl fußwärmer und weicher ist als Laminat. Außerdem muss ich nicht befürchten, dass sich der Boden beim Durchwischen wölbt.

Diese ganz normale Hausarbeit strengte mich derart an, dass ich mich mitten am Tag ins Bett legen musste.

Das hat mir gezeigt, dass ich alt geworden bin, denn zum ersten Mal hat mich das Kochen für nur sechs Leute und das Putzen hinterher richtig angestrengt, auch die Gespräche mit drei Erwachsenen gleichzeitig und das lustige Geplapper der Kinder. Mich überrascht, dass das Alter so schnell kommt, quasi von einem Tag auf den anderen. Ich fühle mich ganz plötzlich alt und verbraucht. Dabei habe ich überhaupt nichts auszustehen. Ich kann in den Tag hinein leben und bin niemandem mehr verpflichtet. Meine Kinder sind längst aus dem Haus und ich muss nicht mehr halb in der Nacht aus dem Bett steigen und zur Arbeit eilen. Das fiel mir während der letzten Monate von Tag zu Tag schwerer. Ich freute mich auf die Zeit, in der ich ausschlafen und keine schweren Kübel mehr schleppen muss. Nun ist diese Freude verschwunden und ich weiß nicht, wohin und warum. Ich weiß auch nicht, was ich mit der vielen freien Zeit anfangen soll. Nur herumsitzen mag ich nicht.

*****

Irene sagt, man muss seinen Ruhestand gründlicher planen als seinen Jahresurlaub. Davon verstehe ich nichts, weil ich nie in den Urlaub gefahren bin. Auf Urlaub kann ich gut verzichten. Die ganzen Jahre bin ich ohne Urlaub ausgekommen und werde auch künftig keinen brauchen. Daheim kann ich mich viel besser erholen und muss nicht so furchtbar viel Geld, das ich gar nicht habe, für eine Übernachtung in der Fremde ausgeben. Hier in Chemnitz ist es auch schön, sogar schöner als anderswo. Es gibt Parks in der Stadt und Wälder direkt am Stadtrand.

Wozu sollte man die Rente planen? Man bleibt einfach daheim, weil man nicht mehr zur Arbeit muss. So einfach ist das. Die Arbeit vermisse ich nicht, aber ich vermisse meine Kollegen. Mich vermissen sie leider nicht, denn seit ich daheim bin, hat sich kein einziger bei mir sehen lassen.

Zur Einweihung meiner Wohnung kamen nur zwei, obwohl ich alle eingeladen hatte. Zumindest mit zehn Gästen hatte ich gerechnet und drei große Schüsseln Salate zubereitet: Nudel-, Reis- und meinen berühmten Kartoffelsalat, dazu eine Platte mit Frikadellen und eine mit Schnittchen, zum Nachtisch Grütze und Kuchen. Alles war auf der Arbeitsplatte appetitlich aufgebaut und auf dem kleinen Tisch Teller, Besteck und Gläser. Ich hatte extra Bier, Wein und eine Flasche Korn gekauft. Meine beiden Kollegen blieben nicht lange und so stand ich allein vor den Bergen mit all den Leckereien und hätte heulen können. Die ganze Arbeit war für die Katz! Was sollte damit werden?

Mir fiel nur Olaf ein. Ich rief ihn an und erzählte ihm von meinem Riesenbüfett, das nahezu unberührt in meiner Küche stand. Er kam sofort, packte vier Frikadellen auf die Schüssel mit Nudelsalat, wickelte einige Kuchenstücke ein und riet mir, den Rest an die Nachbarn zu verteilen.

Wie stellte er sich das vor? Sollte ich für jede Familie ein Paket packen und an der Tür abgeben? Ich war gerade erst eingezogen und kannte außer Frau Köhler niemanden. Also beschloss ich, sie zu bitten, sich selbst etwas auszusuchen.

Auf der Treppe begegnete ich Holm. Er lächelte mich an und fragte, ob ich mich schon eingelebt hätte. Da erzählte ich ihm von der misslungenen Einweihungsfeier und den vielen Speisen, die in meiner Küche standen. Als er mein Büfett sah, klatschte er begeistert in die Hände und konnte gar nicht fassen, dass ich das alles ganz allein zubereitet hatte. Er biss in ein Schinkenschnittchen und verdrehte genüsslich seine Augen. Dann packte er mich und wirbelte mich im Kreis herum, dass mir richtig schwindlig wurde. Von diesem Moment an mochte ich ihn.

„Sie bleiben hier! Ich werde durchs Haus laufen und alle einladen."

Zehn Minute später war meine kleine Küche voller Nachbarn. Alle lobten meine Salate und griffen beherzt zu. Weil meine Wohnung so klein ist, saßen einige auf dem Sofa, andere auf meinem Bett und die Kinder auf dem Boden. Leider habe ich mir bei all der Aufregung und dem Durcheinander keinen einzigen Namen gemerkt.

*****

Heute ärgere ich mich, dass ich nach diesem gelungenem Einstand keinen Kontakt zu meinen Nachbarn gesucht habe. Dabei wäre zum Beispiel an meinem Geburtstag eine gute Gelegenheit gewesen oder jetzt zu Ostern. Ich habe nur an die beiden Jungs oben im Dachgeschoss gedacht, denen ich ein Körbchen mit bunten Zuckereiern und Schokoladenhasen vor die Tür gestellt habe.

Vielleicht finde ich im Sommer mehr Gelegenheit, mich näher mit den Nachbarn bekannt zu machen.

Mir fällt Herr Friedrich ein. Wie mag es ihm wohl gehen? Aber er ist verheiratet. Und wenn schon! Wie alt mag er sein? Auf jeden Fall jünger als ich, weil er noch als Hausmeister arbeitet. Leider wird es einen anderen Hausmeister geben, wenn Herr Friedrich in Rente geht. Der Gedanke, ihn vielleicht nie wiederzusehen, schmerzt mich derart heftig, dass ich einen Stich im Herzen spüre. Erschrocken fasse ich an meine linke Brust und horche in mich hinein. Werde ich krank? Was ist nur los mit mir? Weshalb interessiert mich dieser Mann, den ich doch gar nicht kenne?

Menschen in meinem Umfeld haben mich schon immer interessiert. Ich habe mich stets erkundigt, wie es ihnen und ihren Familien geht. Deshalb wurde ich manchmal *Sperrgusch* geschimpft oder: „Sans net su neigiersch!" (Seien Sie nicht so neugierig!) Trotzdem frage ich weiter, denn wer nicht fragt, bekommt keine Antwort. Ich möchte wissen, wie es den Menschen geht, ob sie glücklich sind oder Kummer haben. Seit ich Rentner bin, halte ich mich mehr zurück. Ich weiß selbst nicht, warum.

Lieber sitze ich daheim und beobachte das Leben auf der Straße. So vergeht ein Tag wie der andere.

*****

Irene will wissen, was auf meiner Liste steht.
„Welche Liste?"
„Jeder hat so eine Liste mit Dingen, die er irgendwann in seinem Leben einmal getan haben will, wo er unbedingt einmal gewesen sein will."
Solch eine Liste habe ich nicht.
„Wo sollte ich hin wollen?"
„In ein fernes Land, eine Stadt. Zum Beispiel Paris, die Stadt der Liebe."
Entgeistert schüttle ich den Kopf.
„Ich will nirgendwo hin. Ich will auch nichts mehr tun. Ich habe genug getan in meinem Leben. Ich will nur noch meine Ruhe."
„Das glaube ich dir nicht, weil jeder Mensch Träume hat. Sonst wäre er tot."
Ich habe keine Träume und bin auch nicht tot.
„Es ist ganz einfach: Stelle dir etwas Schönes vor wie den Blick von einem Berg über ein weites Tal!"
Ich war noch nie auf einem Berg und weiß nicht, ob es da oben schön ist. Auch das Meer und den Strand mag ich mir nicht vorstellen. Wozu soll das gut sein? Warum sollte ich von Dingen träumen, die unerreichbar für mich sind? Das schafft nur Unfrieden. Ich will das nicht. Mir genügt mein Alltag.

Allerdings muss ich zugeben, dass ich jetzt im Alter tatsächlich hin und wieder vor mich hinträume. Ich träume sogar von ganz unerreichbaren und sehr dummen Dingen, zum Beispiel von Herrn Friedrich. Wie er neben mir auf dem Sofa sitzt, ein Bier trinkt und mit mir eine Schlagersendung anschaut. Ich habe mich schon gefragt, ob er wohl die gleichen Lieder mag wie ich. Es sind alberne Spinnereien, die nichts bringen. Vermutlich werde ich senil, denn schließlich weiß ich, dass Herr Friedrich verheiratet ist.

Trotzdem würde ich ihn sehr gern wiedersehen. Ich denke oft an ihn. Ob er auch an mich denkt? Manchmal wenigstens? Ich kann ihn leider nicht fragen. Erschrocken über meine eigenen dummen Gedanken mahne ich mich zur Ordnung, denn es geht mich nichts an, woran und an wen dieser Mann denkt. Er ist verheiratet! Punkt. Ich werde auf gar keinen Fall noch einmal in der Verwaltung anrufen und nach Herrn Friedrich fragen. Auf gar keinen Fall!

Keine halbe Stunde später rufe ich in der Verwaltung an und frage nach Herrn Friedrich. Die Frau am Apparat kichert und sagt etwas, was ich nicht verstehe. Darauf folgt schallendes Gelächter und der Ruf: „Viel Spaß!"

Endlich meldet sich Herr Friedrich. Doch er fragt nicht, womit er helfen kann, sondern schnauzt:

„Hören Sie! Ich war zwei Mal bei Ihnen und nie war etwas zu reparieren. Sie wollten nur ein wenig Unterhaltung. Dafür werde ich nicht bezahlt."

Er legt auf und ich setze mich auf den nächsten Stuhl. Meine Hände zittern, meine Knie auch. Ich muss mich an der Tischkante festhalten, um nicht vom Stuhl zu rutschen. Mir ist mein Verhalten unendlich peinlich. Wie konnte ich nur so selbstsüchtig sein, den Mann anrufen und ihn verärgern?

Ich brauche frische Luft! Jetzt sofort. Es dauert bei all der Aufregung etwas länger als sonst, in meine Schuhe und Jacke zu schlüpfen. Draußen lehne ich mich gegen die Hauswand, schließe die Augen und schnaufe kräftig durch.

„Geht es dir nicht gut?", höre ich Irene fragen.

Ich schüttle den Kopf.

„Es ist nichts. Ich war nur ...", verzweifelt suche ich nach einem passenden Wort. „Ich habe einen Fehler gemacht, einen ganz unverzeihlichen."

Irene zieht mich zur Bank, die auf der Wiese neben der Wäschespinne steht. Wir setzen uns darauf und fast im gleichen Moment kriecht die kalte Frühlingsluft durch die dünne Hose an meine Schenkel. Ich brauche eine ganze Weile, ehe ich Irene von der Peinlichkeit erzählen kann, die ich mir soeben geleistet habe.

„Du hast nichts falsch gemacht", erklärt sie energisch. „Herr Friedrich hat überreagiert."

„Meinst du?"

„Vielleicht ...", verschmitzt lächelt sie mich an, „vielleicht war ihm dein Anruf nur unangenehm vor den Frauen im Sekretariat."

Weshalb sollte ihm unangenehm sein, wenn ihn eine Mieterin anruft? Trotzdem werde ich rot, weil ich ihn offenbar in eine peinliche Situation gebracht habe. Er hat nicht wissen wollen, ob ich Hilfe brauche. Er hat sofort gesagt, dass er nicht dafür bezahlt wird, mich zu unterhalten. Und alle haben laut gelacht. Ich habe mich lächerlich gemacht und Herrn Friedrich gleich mit.

„Ich muss mich unbedingt für mein Verhalten entschuldigen."

„Gar nichts musst du! Herr Friedrich war grob und sollte sich überlegen, wie er es wieder gut macht."

„Das muss er nicht", versichere ich eilig.

Wieder lächelt Irene und schaut mich prüfend an.

„Du magst ihn, nicht wahr?"

Ich merke, wie meine Wangen brennen.

„Er leistet gute Arbeit. Das ist alles."

Irene umarmt mich, aber ich schiebe sie zurück. Wie kann sie glauben, dass ich etwas anderes von Herrn Friedrich will als seine Hilfe als Hausmeister? Mir ist das furchtbar peinlich.

„Ich muss los!", sage ich, stehe auf und gehe, ohne mich noch einmal umzudrehen.

Erst, als ich um die Hausecke gebogen bin, kann ich wieder ruhiger atmen. Irene hat gemerkt, dass

ich Herrn Friedrich mag.
Natürlich mag ich ihn.

*****

Ich mag eigentlich alle Menschen, sogar die, die nicht freundlich zu mir sind. Doch dafür haben sie ihren Grund, den ich meist nicht kenne. Darüber nachzudenken bringt nichts, denn Deutungen stimmen höchst selten mit der Wirklichkeit überein. Das Umfeld reagiert selten so, wie man es sich wünscht. Es steht mir nicht zu, mich zu beklagen oder andere zu kritisieren. Es gibt so viele Wahrheiten wie Menschen und ihre Geschichten. Jeder hat seine eigene Wahrheit und jeder hat auf seine Art Recht. Deshalb mache ich mir keine Gedanken über fremde Wahrheiten. Wer weiß denn, wie die Welt mit all ihren Menschen wirklich ist? Niemand! Denn jeder weiß etwas anderes.

Ich kenne meine beiden Kinder von Geburt an und doch kenne ich nicht ihre Sicht der Dinge. Mit meinen zwei Schwestern wuchs ich vom ersten Tag unseres Lebens zusammen auf, da wir am gleichen Tag zur Welt kamen. Und doch habe ich keine Ahnung von ihrem Leben, ihren Gedanken, ihren Ängsten oder von dem, was sie lieben. Ich interessiere mich für die Menschen, aber ich kenne sie nicht.

Herrn Friedrich möchte ich gern näher kennenlernen. Und ich möchte, dass er nicht schlecht von mir denkt, auch wenn ich ihn mit meinem Anruf verärgert habe.

Ich lege einen Schritt zu, schlage den Weg zum Wald ein und habe keinen Blick für die Narzissen in den Vorgärten. Beim Laufen muss ich nicht denken und beruhige mich meist recht schnell. Heute nicht. Mir tut es in der Seele weh, Herrn Friedrich verärgert zu haben. Ich sehe ein, dass ich egoistisch war, als ich ihn zwei Mal zu mir bat, obwohl es nichts zu reparieren gab. Es ist nicht seine Schuld, dass ich ihn mag und mich gern mit ihm unterhalte. Es ist allein meine Schuld, weil ich ihn belästigte. Das wird nie wieder vorkommen. Nie wie-der, nie wie-der, nie wie-der, schwöre ich bei jedem Schritt.

Mai

„Komm, lieber Mai, und mache die Bäume wieder grün!", singe ich leise vor mich hin, während ich meinen Wintermantel in den Schrank hänge.
Nun wird es keinen Frost mehr geben, denn die Eisheiligen sind vorüber und ich werde gleich morgen Pflanzen für meinen Balkon besorgen. Ich bin zwar nicht sehr geschickt beim Gärtnern, doch ich mag Blumen sehr gern. Im letzten Jahr hatte ich

Erdbeeren, Tomaten, Bohnen und Petersilie, Basilikum und andere Kräuter in den Töpfen. Nützliches eben. Morgen werde ich nur Blumen kaufen. Ausnahmslos Blumen, die hübsch bunt blühen und keine Arbeit machen – nur Freude.

Zur Zeit schlendere ich gern durch die Gartensiedlung und habe meine Freude an Krokussen, den ersten Tulpen und gelben Blüten, deren Namen ich nicht kenne. Die Wiesen werden grün und an den Sträuchern zeigen sich Blätter. Das gefällt mir.

„Der Mai ist gekommen, die Bäume schlagen aus", singe ich das nächste Lied an.

Singen war mein Lieblingsfach in der Schule. Das weiß ich noch ganz genau, obwohl es schon so viele Jahre her ist. Den späteren Musikunterricht mochte ich nicht so gern. Noten und die Namen der Komponisten interessierten mich nicht. Ich wollte immer nur singen, am liebsten Volkslieder.

Meine Kinder mochten keine Volkslieder. Sie hörten englische Songs. Auf Arbeit brachte ich manchmal CDs mit erzgebirgischen Titeln mit, vor allem in der Adventszeit. Doch die wollte kaum einer hören. Ich wurde sogar ein wenig verspottet für meinen altmodischen Geschmack. Ist Volksmusik altmodisch? Für mich gehört sie zur Kultur.

Olaf hat mir im Radio einen Volksmusiksender eingestellt, doch der ist in Bayern und spielt ganz andere Titel als die, die ich hören möchte. Schon die Sprache ist mir fremd, ich verstehe den Text nicht, weil die Leute in Bayern einen ganz anderen Dialekt sprechen als wir. Auch die Instrumente klingen anders als bei uns. Ich höre am liebsten die Lieder aus dem Erzgebirge, doch dafür gibt es keinen Radiosender. Olaf hat einen für Schlager gefunden. Ich mag romantische Texte über Liebe, Zärtlichkeit und Glück, obwohl sie mich in letzter Zeit oft traurig stlmmen. Manchmal muss ich sogar weinen. Dann schalte ich das Radio aus und gehe hinaus an die frische Luft. Bei einem Spaziergang beruhige ich mich meist sehr schnell und vergesse meinen grundlosen Kummer.

Ich schlüpfe in meine Halbschuhe und in meine Jacke. Die Sonne scheint ganz wunderbar und ich schlage den Weg zum Friedhof ein, weil dort die Rhododendren so herrlich in erstaunlich vielen Farben blühen: weiß, gelb, orange, rot, lila und sogar blau. Ich kann mich an ihnen gar nicht satt sehen und hätte gern einen Fotoapparat, um die ganze Pracht mit nach Hause nehmen zu können.
Da ich nie einen Garten hatte und somit auch keinen Rhododendron, kaufe ich als Ersatz für daheim immer Azaleen, die ich manchmal sogar über mehrere Jahre zum Blühen bringe.
Der Friedhof ist terrassenförmig auf einem Hügel angelegt und zwischen alten Bäumen führen verschlungene Wege wie durch einen Park. Ich bin gern hier und erfreue mich an den vielen Blumen.

Alles ist so friedlich, dass ich meine Furcht vor dem Tod vergesse. Ich weiß, dass jeder Mensch stirbt und meine Angst davor mich nicht rettet. Besser wäre, ich würde mir keine Gedanken darüber machen wie sonst im Leben auch, wo ich alles so nehme, wie es eben kommt.

Versonnen betrachte ich einen Strauch, der über und über voller rosafarbener Blüten ist, und überlege, ob sich die Zweige auch in einer Vase halten.

„Frau Wenzel?"

Erschrocken drehe ich mich um und sehe einen elegant gekleideten Herrn in grauem Mantel und Hut. Ich war so tief in meinen Gedanken versunken, dass ich ihn gar nicht kommen hörte. Ich kenne den Mann nicht und wundere mich, woher er meinen Namen weiß. Kurz überlege ich, ob ich ihn fragen soll. Aber ich verspüre keine Lust auf eine Unterhaltung. Deshalb grüße ich kurz und wende mich ab.

„Sie erkennen mich nicht?", fragt er und lüftet seinen Hut, was recht altmodisch auf mich wirkt.

„Nein. Tut mir leid."

„Nun, bisher sahen Sie mich im Blaumann, während Sie eine hübsche grüne Kittelschürze trugen."

Blaumann? Kittelschürze? Ich verstehe gar nichts.

„Friedrich", stellt er sich vor und lüftet wieder kurz den Hut. „Ich bin der Handwerker, den Sie mit Kuchen und Hackepeterbrötchen verwöhnten."

Sofort brennen meine Wangen und mir ist trotz der

kühlen Temperatur schrecklich heiß.

„Heute sind wir beide nicht in Arbeitskleidung", fügt er lachend hinzu.

Dann wird sein Gesicht ernst, als er fragt, ob hier Verwandte von mir ihr letztes Ruhebett haben. Ein Grab als Ruhebett zu bezeichnen habe ich bisher noch nie gehört.

Verwirrt schüttle ich den Kopf und zeige auf den rosa blühenden Rhododendronstrauch vor uns.

„Darf ich Sie zu einem Kaffee einladen? Die Lokale haben seit dieser Woche wieder geöffnet."

Waren sie geschlossen? Oder verstehe ich nur den Scherz wieder einmal nicht?

Herr Friedrich hält mir den Arm hin, damit ich mich einhängen kann. Darin habe ich überhaupt keine Übung und schaue verlegen zur Seite. Doch er ergreift beherzt meine Hand und legt sie in seine Armbeuge, als wäre es das Natürlichste von der Welt. Seltsamerweise gefällt mir das und ich fühle mich sofort wohl.

Während wir weiter über den Friedhof spazieren, erzählt mir Herr Friedrich, dass seine Frau vor fünf Jahren gestorben ist. Heute wäre ihr sechzigster Geburtstag, weshalb er sich ihr zu Ehren so herausgeputzt hat.

„Irmi mochte so gern feiern. An jedem Geburtstag gab es zum Vesper Torte."

„Bei uns auch."

Er lacht mich an und sagt: „Es freut mich, dass Sie mir heute bei diesem schönen Brauch Gesellschaft leisten."

„Es tut mir leid, dass Ihre Frau zu früh gestorben ist."

Überrascht schaut er mich an.

„Wie kommen Sie darauf?"

Wie ich darauf komme? Heute wäre ihr sechzigster Geburtstag, also war sie erst fünfundfünfzig Jahre alt, als sie starb. Das ist viel zu früh.

„Naja, sie war noch nicht einmal im Rentenalter, das ist lange vor der Zeit."

Frauen sterben im Durchschnitt mit vierundachtzig Jahren, Frau Friedrich hätte also noch gut dreißig Jahre leben können.

„Keiner stirbt vor seiner Zeit. Wenn wir sterben, ist unsere Zeit gekommen."

So habe ich das noch nie gesehen. Doch ich glaube ihm, dass er meint, was er sagt. So wie ich allen Leuten glaube, was sie sagen. Ich nehme ihre Worte ernst, deute nichts dazu und stelle nichts in Frage. Das erspart mir Grübeleien.

„Das Leben wird von der Zeit bestimmt. Manche Zeit erscheint uns ewig, wenn wir zum Beispiel unglücklich sind. Sind wir glücklich, erscheint uns die Zeit viel zu kurz. Es gibt die unbeschwerte Zeit der Kindheit, später richtet sich die Zeit nach den Bedürfnissen der eigenen Kinder und des Berufs und noch später nach den Möglichkeiten, die man im

Alter hat. Das ist der Sinn des Lebens. Verstehen Sie?"

Natürlich verstehe ich. Doch es ist nicht sinnvoll, über die Normalität des Lebens nachzudenken. Man muss funktionieren und tun, was getan werden muss.

„Der Tod ist eine Reise und auf eine Reise sollte man sich vorbereiten."

Für mich ist der Tod keine Reise, sondern das Ende des Lebens. Darauf kann man sich nicht vorbereiten wie auf eine Reise. Mir fällt Irene ein, die meinte, man muss sich auf die Rente vorbereiten wie auf eine Urlaubsreise. Den Tag der Rente kennt jeder, aber keiner kennt den Tag, an dem er sterben wird. Nicht einmal ein Arzt, der einem Patienten sagt, er habe nur noch sechs Monate zu leben.

Ich will noch nicht sterben, obwohl ich auch nicht wirklich lebe. Mein Alltag ist gleichförmig und manchmal sogar langweilig. Ich habe keine Aufgabe und weiß manchmal nicht, wozu ich am Morgen aufstehen soll.

„Darüber mag ich nicht reden", beende ich das Thema.

„Das sollten Sie aber!"

Nein, über den Tod redet man nicht. Der kommt von ganz allein und früh genug.

Mir ist der Appetit auf Torte vergangen, weil ich die

Idee, den Geburtstag einer Toten zu feiern, ziemlich dumm finde. Doch wir stehen bereits vor dem Waldcafé und Herr Friedrich lässt meinen Arm nicht los. Direkt unangenehm ist mir das nicht. Also reiße ich mich zusammen und gehe mit ihm hinein. Die Bedienung empfiehlt einen frisch gebackenen Rhabarberkuchen. Torte hat sie allerdings keine, was Herrn Friedrich sichtlich verstimmt. Mir macht das nichts aus, ganz im Gegenteil. Der Kuchen hat einen wunderbar lockeren Hefeteig, darauf eine dünne Puddingschicht, Rhabarberstücke, Rosinen und Streusel, die mit Zimtzucker bestreut sind. Obenauf thront ein großer Klecks Schlagsahne, frisch geschlagen, nicht aus der Sprühdose. Der Kuchen schmeckt so köstlich, dass ich am liebsten nach dem Rezept fragen würde. Ich backe sehr gern, doch die Kuchen gelingen mir nur, wenn ich mich genau ans Rezept halte. Frei aus dem Bauch heraus kann ich nur kochen.

Wir sind fast die einzigen Gäste und sitzen uns an einem Fenstertisch gegenüber.

„Der Kuchen schmeckt hervorragend", lobe ich.

„Aber Torte ist es nicht", brummt Herr Friedrich.

Nein, Torte ist es nicht. Das scheint ihm wichtig zu sein.

„Ich mag am liebsten einfachen Butterstreusel oder Eierschecke."

Herr Friedrich reagiert nicht auf meine Worte. Er ist

in Gedanken bei seiner Frau und der Torte, die es nicht gibt, polkt die Streusel vom Kuchen und zerdrückt sie in der Sahne, was recht unappetitlich aussieht. Mich hat er vergessen, denn er sagt nichts. Auch ich sage nichts. Normalerweise rede ich ohnehin nicht gern und höre lieber zu, doch jetzt ist mir das lange Schweigen unangenehm.

Ich schaue auf seine große Hand, die nicht weit entfernt von meiner auf dem Tisch liegt und habe plötzlich das unbändige Verlangen, diese Hand zu berühren, zu streicheln. Natürlich wage ich das nicht, weil ich nicht weiß, ob ihn diese Berührung tröstet oder belästigt. Schnell schaue ich weg und beobachte durchs Fenster die Vögel in einem Baum.

„Haben Sie sich inzwischen mit Ihrem Wasserhahn angefreundet?"

„Wie bitte?"

Was meint er jetzt? Wir sitzen hier im Waldcafé und essen Kuchen, weil es keine Torte gibt, um an den Geburtstag seiner Frau zu denken; und er redet von einem Wasserhahn?

„Sie wollten einen neuen Wasserhahn bestellen, weil der alte Ihnen nicht gefällt."

Ich brauche eine Weile, um mich zu fangen. Eben noch trauert er um seine Frau und hat mich eingeladen, an seiner Erinnerung teilzuhaben. Deshalb fühle ich mich ihm näher als je zuvor, aber er wirft mich zurück ins Mietshaus, wo er meinen Wasserhahn repariert hat. Er will der Handwerker bleiben, den ich für kleine Reparaturen rufen darf. Rufen durfte. Dabei fällt mir mein letzter Anruf ein, der mir immer noch peinlich ist und mir die Schamröte ins Gesicht treibt. Mir schnürt es auf einmal die Kehle zu, so dass ich nur wortlos den Kopf schüttle.

„Seit letzter Woche bin ich Rentner."

Er hätte genauso gut sagen können, dass ich mir einen anderen Handwerker suchen muss, weil er nicht mehr zur Verfügung steht. Ein mögliches Wiedersehen erwähnt er nicht. Also verabschiede ich mich hastig und gehe nach Hause.

*****

Ich verstehe diesen Mann nicht. Warum hat er mich zum Kaffee eingeladen? Wollte er mit mir zusammen oder nur nicht allein sein? Hatte also seine Einladung gar nichts mit mir zu tun und er hätte jeden angesprochen, der ihm zufällig über den Weg läuft? Er hat mich in keiner Weise spüren lassen, dass er mich kennenlernen will. Vermutlich hat er längst eine neue Gefährtin, die heute keine Zeit hatte, weshalb er allein unterwegs war. Andererseits hat er direkt auf meine Begleitung bestanden und mich zum Kaffee eingeladen. Doch das hat nichts zu bedeuten, denn ich bin mir sicher, dass ich ihm nicht gefalle, weil ich viel zu dick bin. Als junge Frau war ich immer zu dünn, doch jetzt

fühle ich mich unförmig wie ein Hefekloß. Ich erinnere mich an ein altes Scherzlied, das irgendwann
auf einer Familienfeier gesungen wurde:
„Schön rund im Gesicht und dick in der Mitt
und schöne weiße Ba, so muss mei Madl sa."
Damals habe ich schallend über den lustigen Text
gelacht, weil ich damals dünn war. Heute hebt er
leider meine Stimmung nicht.

*****

Schweißgebadet werde ich wach und schlage die
Bettdecke zur Seite, um mich sofort wieder unter
ihr zu verkriechen, als müsste ich mich verstecken.
Dabei war es nur ein böser Traum.
Ich lief splitterfasernackt quer durch einen Saal
voller Menschen, die alle festlich gekleidet waren.
Sie traten respektvoll zur Seite und applaudierten.
Stolz winkte ich ihnen zu, weil ich mich so schön
fand. Plötzlich wurde es ganz still, man hörte nicht
einmal das Murmeln leiser Stimmen. Alle Leute
schauten zur Tür, wo ein nackter Mann stand, der
nur einen Hut trug.
Dieser Mann lachte höhnisch, lüftete seinen Hut
und rief: "Erkennen Sie mich nicht? Ich bin Herr
Friedrich."

Was bedeutet dieser grauenhafte Traum? Angeblich sind Träume versteckte Wünsche, doch ich

wünsche mir ganz sicher nicht, nackt durch einen Saal voller Leute zu laufen. In meinem ganzen Leben hat mich noch niemand nackt gesehen, schon gar nicht Fremde. Außerdem bin ich fett und alles andere als schön.

Ich bin Köchin. Deshalb war mir klar, dass ich früher oder später Gewicht zulege. Darüber habe ich mir nie Gedanken gemacht. Aber jetzt mache ich mir Gedanken und fühle mich, als würde ich nicht achtzig Kilo wiegen, sondern mindestens doppelt so viel.

Ich bin keine Vorzeigefrau, das weiß ich selbst. Doch ein Mann in unserem Alter braucht kein Modepüppchen, sondern eine gestandene Frau, die sich um ihn kümmert und ihn versorgt. Braucht Herr Friedrich eine Frau? Er ist Witwer. Doch man lebt nicht automatisch allein, wenn man Witwer ist. Männer bleiben nicht lange allein. Sie brauchen eine Frau, die das Essen kocht, die Wäsche wäscht und die Wohnung sauber hält.

Heute ist das nicht mehr so, das weiß ich von meinen Kindern. Sie halten nichts von dieser einfachen Aufgabentrennung zwischen Mann und Frau, obwohl ich sie ordentlich erzogen habe. Aber Herr Friedrich ist in meinem Alter und in unserem Alter hält man noch etwas auf diese Ordnung. Sie mag nicht gerecht sein, doch sie hat immer funktioniert und jeder wusste, was er zu tun hat und wo sein Platz ist. Heute scheint mir alles durcheinander und kaum einer weiß, wo er hingehört.

Olafs Frau lobte zwar alles, was ich kochte, doch für ihre Familie hält sie diesen Aufwand für übertrieben. Sie bevorzugt fertige Gerichte, die sie einfach in die Mikrowelle schiebt. Oder sie bestellt einen Döner oder chinesisches Essen. Das ist nichts für mich.

Natürlich habe ich mich auch für fremdländische Küche interessiert. Ich fand das interessant, doch gleichzeitig mühselig, die Zutaten zu beschaffen. Warum sollte ich Gemüse verwenden, das gar nicht auf hiesigen Feldern wächst? Vielleicht verträgt der deutsche Magen die exotischen Gewürze nicht. Deshalb kehrte ich schnell zu den Wurzeln zurück und beschränke mich seitdem auf althergebrachte Gerichte, von denen es viel mehr gibt als so mancher glaubt, vielfältiger als in den meisten anderen Ländern. Auch scharfes Essen mag ich nicht. Da schmeckt man gar nicht, wie es wirklich schmeckt. Eigentlich kocht man nur scharf, wenn die Zutaten verdorben sind und es keiner merken soll. Da ich nur frische Zutaten verwende, muss ich sie nicht mit scharfen Gewürzen verderben.

Auf jeden Fall hat mein Essen immer allen gut geschmeckt, auch Herrn Friedrich.

Ich überlege, ob ich ihm gefalle oder ob er mich zu dick findet. Im Traum hat er mich höhnisch ausgelacht. Das sollte mir eine Warnung sein. Ich sollte endlich aufhören, ständig an diesen Mann zu denken, der mit Sicherheit keinen einzigen Gedanken an mich verschwendet. Er hat die ganze Zeit nur über seine verstorbene Frau und den Tod gesprochen, kein Wort über mich. Ich interessiere ihn nicht. Das ist nicht weiter schlimm. Schlimm ist nur, dass mir Herr Friedrich keinen Moment aus dem Kopf geht.

*****

Ich schlendere über den Friedhof und schaue mich unauffällig um, ob ich Herrn Friedrich entdecke. Doch er ist nirgendwo zu sehen. Wann besucht er das Grab? Sonntags oder nur an bestimmten Gedenktagen wie neulich der Geburtstag oder der Sterbetag? Leider kenne ich dieses Datum nicht. Ich weiß nicht einmal, wo sich das Grab seiner Frau befindet. Wenn ich das wüsste, könnte ich mich in dessen Nähe aufhalten, um ihn ganz *zufällig* zu treffen.

Die Gräber sind in kurzen bogenförmigen Reihen zwischen Sträuchern und großen alten Bäume angeordnet. Dazwischen gibt es Wiesen, auf denen ich einige Gestecke, aber keine Grabsteine sehe. Wenn die Frau von Herrn Friedrich namenlos vergraben wurde, finde ich sie nicht. Nach einer halben Stunde gebe ich das Suchen auf, es sind einfach viel zu viele Gräber.

Kurz vor dem Ausgang fällt mir ein rot glänzender Marmorstein auf, auf dem eine Sonnenblume als plastisches Relief hervorsticht. Den vorderen Teil der Grabstätte schmücken eine Laterne aus Stahl und ein Stein mit einer Gravur:

Von der Erde gegangen -
im Herzen geblieben.

Mir geht dieser schöne Spruch zu Herzen und ich stelle mir vor, dass die Person sehr geliebt wurde. Die Grabfläche ist mit bunten Hornveilchen und hellblauen Vergissmeinnicht bepflanzt. Das gefällt mir so gut, dass ich ganz ergriffen davor stehen-bleibe. Erst jetzt lese ich den Namen: Irmi Fried-rich. Hier ist es also.

Zufrieden setze ich mich auf die winzige Bank, die schräg vor dem Grab steht. Irmi. Als Herr Friedrich seine Frau Irmi nannte, hielt ich das für eine Kose-form von Irmtraud oder Irmgard. Kurz vor ihrem fünfundfünfzigsten Geburtstag ist sie gestorben. Das ist sehr früh, auch wenn Herr Friedrich meint, ihre Zeit wäre vorüber gewesen.

Das klingt kühl, fast lieblos, doch offensichtlich hat er sie sehr geliebt, da er ihr solch einen außerge-wöhnlich schönen Stein setzen ließ. Ob er die Blu-men selbst pflanzt und pflegt? Oder macht das ein Friedhofsgärtner? Vielleicht hat Herr Friedrich Kin-der? Ich weiß nichts über ihn und möchte doch so gern alles wissen.

In meiner Fantasie sehe ich mich gemeinsam mit

ihm spazieren gehen, gemütlich auf einer Bank sitzen und miteinander schweigen. Das wäre schön. Ich würde auch gern für ihn kochen. Warum nicht? Allein schmeckt das Essen auch dann nicht, wenn es besonders köstlich ist.

Aber das sind dumme Träume, die wohl durch die Einsamkeit entstehen. Ich bin viel zu oft allein und frage mich, wie es wird, wenn ich alt und gebrechlich bin. Bisher habe ich keinen Gedanken an die Zukunft verschwendet. Ich dachte immer nur an den nächsten Tag und daran, wann ich aufstehen muss und was es zu tun gibt. Mehr war nicht wichtig. Auch heute ist es nicht wichtig, an morgen oder das nächste Jahr zu denken. Es ist die viele unnütze Zeit, die mich unnütz grübeln lässt.

Das Träumen habe ich mir beizeiten abgewöhnt, weil es ohnehin anders kommt als man denkt. Ich lebe lieber im Jetzt, weil das Leben nur aus vielen Jetzt besteht. Ein Später gibt es nicht.

Erst jetzt im Alter fange ich wieder an zu träumen und zu spinnen. Dabei weiß ich, dass Träume nur Schäume und völlig sinnlos sind. Trotzdem sehe ich in meinem Kopf Bilder von Herrn Friedrich, wie er in meiner Küche sitzt und sich mein Essen schmecken lässt.

Das muss aufhören!

*****

Verärgert über mich selbst gehe ich ins Bad. Meine Hände zittern. Das passiert mir in letzter Zeit oft, wenn ich mich aufrege. Manchmal fällt mir dabei sogar etwas aus der Hand.

Ich ordne meine Haare, richte die Handtücher und denke, dass die Pflanze im Fenster etwas Wasser brauchen könnte. Die Gießkanne steht allerdings draußen auf dem Balkon, weshalb ich den Topf direkt unter den Wasserhahn halte und den Hebel betätige. Mit einem heftigen Strahl schießt das Wasser in den Topf, so dass Erde ins Becken spritzt. Ich wische sie mit der Hand beiseite und genau in dem Moment rutscht mir der Topf aus der anderen Hand und zerbricht. Was für ein Ärger! Diesen schönen Übertopf schenkte mir Irene erst vor einer Woche. Bestürzt sammle ich die Scherben auf und entdecke darunter ein Loch im Waschbecken. Das Becken ist kaputt! Was soll ich jetzt tun? Ich muss sofort die Hausverwaltung anrufen.

„Für ein neues Becken müssen Sie selbst aufkommen!", klärt mich die Frau am Telefon auf. „Der Vermieter veranlasst den Austausch und schickt Ihnen die Rechnung."

„Du lieber Himmel! Wie teuer ist so etwas?"

„Mehr als hundert Euro wird es nicht kosten, wenn die Armaturen passen."

Hundert Euro? Das ist viel Geld. Beschämt steige ich die Treppen hinauf zu Irene und zeige ihr die

Scherben, die von ihrem schönen Geschenk übrig blieben.

„Das ist doch nicht schlimm. Schau nicht so betreten!", versucht sie mich zu trösten.

„Leider ist das noch nicht alles", stottere ich. „Das Waschbecken … Der Topf ist ins Becken gefallen."

Irene holt geräuschvoll Luft und ich ziehe erschrocken die Schultern hoch.

„Willst du dir den Schaden ansehen?", frage ich leise. „Gemeldet habe ich ihn schon."

„Wem hast du das gemeldet?"

„Der Verwaltung. Sie sagt, es sei dein Becken und ich müsse das neue bezahlen, auch den Handwerker."

Ich wage nicht zu sagen, dass ich gar nicht so viel Geld habe.

„Das ist richtig. Ich werde mich darum kümmern."

Ihre Stimme klingt ungehalten und gleichzeitig enttäuscht. Mir ist klar, dass sie sich einen unkomplizierten und ordentlichen Mieter wünscht und keinen, der schon nach einem Jahr das Waschbecken zerstört.

„Es war keine Absicht", versuche ich, mich zu rechtfertigen.

„Das ist mir klar!", faucht sie.

„Es tut mir leid."

„Kaputt ist kaputt. Der Schaden ist nicht schlimm, doch die Rennerei und das Verhandeln mit dem Handwerker nerven mich schon im voraus." Dann fragt sie freundlicher: „Bist du wenigstens versichert?"

Ich nicke und hoffe, dass sie keine Hausratsversicherung meint. Denn von dieser wurde mir abgeraten, weil ich nur wenige Möbel besitze, die außerdem bereits abgewohnt sind. Aber ich besitze eine Haftpflichtversicherung, die für selbst verursachte Schäden aufkommt und hoffentlich auch für das neue Waschbecken.

Ich suche den Vertrag heraus und rufe die dort angegebene Telefonnummer an.

„Ich habe einen Topf in mein Waschbecken fallen lassen und nun ist das Becken kaputt. Es hat ein Loch und muss ausgetauscht werden."

„Eine Haftpflicht kommt nur für Schäden auf, die Sie anderen zufügen, nicht für Selbstverschulden."

Genau das habe ich befürchtet.

„Meine Vermieterin sagt, dass meine Versicherung helfen wird."

Das Wort *helfen* stimmt die meisten Leute freundlich, weil wohl jeder gern helfen möchte. Auch die Stimme am Telefon klingt auf einmal nicht mehr abweisend.

„Sie wohnen zur Miete?"

Natürlich wohne ich zur Miete wie die meisten Menschen.

„Das ist etwas anderes. Ich schicke Ihnen ein Formular zu, das Sie bitte ausgefüllt zurücksenden

und die Rechnung des neuen Waschbeckens bei-
legen."

Das war kurz und schmerzlos.

Zufrieden gehe ich hinaus auf meinen Balkon und
betrachte meine Pflanzkästen. Petunien habe ich
gewählt, gelbe, rosafarbene und dazwischen eine
blaue. Sie scheinen sich in den Kästen wohlzufüh-
len, denn sie wachsen wunderbar. Auf dem Tisch
steht ein Topf mit orangefarbenem Eisenkraut, das
auch leuchtet, wenn keine Sonne scheint.

Juni

Die Männer aus dem Haus bauen die Grillecke auf:
eine große Biertischgarnitur, die Platz für acht Leute bietet. Wenn man an beide Stirnseiten je zwei
Gartenstühle stellt, können alle Nachbarn beisam-
men sitzen und einen schönen Abend verbringen.

Im letzten Sommer wurde ebenfalls gegrillt, doch
ich habe mich nie dazugesetzt, weil in meinem
Mietvertrag steht, dass der Grillplatz den Eigentü-
mern gehört.

Irene hat mir erzählt, dass Nachbar Erwin vor ein
paar Jahren die damaligen Bewohner überredete,
für einen großen Holzkohlegrill und die Biertischgarnitur zusammenzulegen. Fast alle waren von
der Idee begeistert. Wer Lust zum Grillen hat,

hängt ein Schild ins Treppenhaus: *Heute Abend grillen wir!* Diese Einladung gilt dann für alle.

„Auch für mich?"

„Natürlich!", ruft sie aus, als wüsste sie nicht, was sie in meinen Mietvertrag geschrieben hat.

Gegen Abend zündet Erwin das Feuer an, setzt sich mit einem Bier hinaus und freut sich auf alle, die ihm Gesellschaft leisten.

Auch ich freue mich auf den Abend und hoffe, die Nachbarn nun näher kennenzulernen. Bisher blieb es meist bei einem kurzen Gruß im Vorbeigehen und hier und da ein paar freundlichen Worten. Obwohl jeder nur das mitbringt, was er selbst verzehren möchte, werde ich für alle eine große Schüssel Kartoffelsalat spendieren. Für mich allein lohnt sich der Aufwand nicht. Außerdem koche ich leidenschaftlich gern für viele Leute, schließlich bin ich gelernte Köchin und freue mich über jeden, der kräftig zulangt.

Als ich mit meinem voll bepackten Korb mit Salat, Bier, zwei Bratwürsten und Geschirr zur Grillecke komme, sitzen bereits einige Nachbarn draußen. Ich wähle den Platz neben Irenes Vater. Der alte Herr prostet mir übermütig mit seinem Bierglas zu. Er fühlt sich sichtlich wohl in Gesellschaft und unterhält uns mit lustigen und spannenden Geschichten aus seiner Jugend. Er ist weit gereist und hat viele Länder kennengelernt, was zu DDR-Zeiten recht ungewöhnlich war. Es macht mir Freude, ihm zuzuhören.

Später sagt Irene, dass ihr Vater nicht immer so nett und unterhaltsam ist.

„Im Grunde ist er nur großzügig und freundlich zu völlig Fremden. Seinen Kindern gegenüber verhält er sich bösartig, ungeduldig und unfair. Kurz: unerträglich."

Für mich wäre es verständlicher, wenn er zu seiner Familie nett und zu Fremden unfreundlich wäre. Ich bin immer gleich freundlich zu Fremden wie zu Bekannten und zur Familie besonders liebevoll.

„Welcher der drei Namen auf dem Klingelschild gehört eigentlich zu Euch?", frage ich Erwin.

„Neumann, denn ich bin Anjas neuer Mann."

Seine Frau lacht schallend und wirkt damit wunderbar unkompliziert auf mich.

„Neuer Mann?", überlege ich laut.

„Damit hat man mich bei der Arbeit jahrelang gefoppt."

Wieder lacht sie.

„Wieso das? Neumann ist doch ein ganz normaler Name", wundere ich mich.

„Das schon. Doch Erwin ist mein fünfter Mann, der neue Mann, Neumann eben."

Fünf Männer, davor vier Scheidungen oder gar Todesfälle? Betroffen schweige ich. Kann man solch einer Frau trauen? Einmal kann sich jeder irren, aber nicht vier Mal!

„So neu bin ich gar nicht", protestiert Erwin. „In der nächsten Woche feiern wir unseren fünfzehnten Hochzeitstag."

„Unsere Jüngste hat einen anderen Namen als wir, deshalb der Name Nummer Zwei auf dem Klingelschild. Der dritte Name gehört der anderen Tochter, die aber nicht mehr hier wohnt, aber immer mal Post bekommt. Aber es reicht, wenn du uns Anja und Erwin nennst. Ich darf doch du sagen?"

„Aber ja", stimme ich erleichtert zu.

Anja ist eine bildhübsche junge Frau mit blonden Locken, großen blauen Augen, einem Schmollmund und einer sehr weiblichen Figur, die mit Sicherheit jedem Mann gefällt.

„Ich bin immer auf die Schönen reingefallen, die charmanten Herzensbrecher, die nie treu waren."

Das klingt überhaupt nicht gut. Doch Anja strahlt übers ganze Gesicht, als wäre ihr nie etwas Böses widerfahren.

„Immerhin habe ich von jedem meiner Männer ein wunderbares Kind."

„Nur von mir nicht", ergänzt Erwin.

Vier Kinder von vier verschiedenen Männern? Ich dachte, so etwas gibt es nur im Film.

„Der Älteste ist bereits zweiunddreißig", berichtet Anja stolz.

Ungläubig mustere ich sie, denn ich hielt sie für keinen Tag älter als fünfunddreißig. Ich sage ihr das. Sie lacht und wirft kokett ihre Locken nach hinten.

„Ich bin fast fünfzig!", ruft sie fröhlich aus. „Und zwar in zwei Wochen an unserem Hochzeitstag."

Schelmisch blinzelt sie Erwin zu, der sie bewundernd anstrahlt.

Vier Kinder von vier verschiedenen Männern, die vom fünften Mann großgezogen werden. Das ist mehr als ungewöhnlich. Bis auf die Jüngste sind alle bereits ausgezogen.

„Meine Jüngste ist jetzt siebzehn, also genauso alt wie ich damals, als ich mein erstes Kind bekam."

„… und uns hoffentlich nicht so schnell mit einem Enkel überrascht."

Beide lachen und küssen sich, als wären sie frisch ineinander verliebt. So ein unbeschwert fröhliches Miteinander gab es in meiner Ehe nicht.

Heute lerne ich auch die schöne Gislinde und ihren Mann näher kennen. Sie sind im letztem Monat in Holms frühere Wohnung gezogen. Sie grüßen freundlich und huschen schnell vorbei, als wünschen sie keinen Kontakt. Ich weiß gar nicht, wie Gislinde wirklich heißt. Den Spitznamen hat ihr irgendwer verpasst, weil sie immer auffallend modisch und chic gekleidet und dünn wie ein Model ist. Die Schuhe passen zu Mütze und Schaltuch, die Jacke zur Hose. Außerdem ist sie auffallend ordentlich, denn sie putzt täglich ihr Auto, poliert

Scheiben, Spiegel und Lampen. Auch der Innenraum glänzt blitzsauber, als wäre er nie benutzt worden.

Ich bin durch meine Arbeit in der Küche das Putzen nach jedem Handgriff gewöhnt, doch bei Gislinde halte ich das für übertrieben. Irene sagt, dass es Menschen gibt, die unter einem Putzzwang leiden. Ich glaube, dass nicht die Putzteufel unter ihrem Zwang leiden, sondern deren Familie. Mich würde es stören, wenn alles blankpoliert an seinem Platz stehen muss. Da käme ich mir vor wie in einem Museum und nicht wie in einer Wohnung.

Bevor Gislinde Wäsche aufhängt, wischt sie mit einem Lappen gründlich ihren Wäscheständer sauber. Die Spinne auf unserer Wiese nutzt sie nicht, weil der Strick ihren Stoffen schadet und angeblich den Schmutz festhält.

Heute trägt sie eine weiße Hose, weiße Stoffschuhe und einen blassrosa Rollkragenpullover, obwohl es dreiundzwanzig Grad warm ist. Bevor sie sich auf die Bank setzt, reinigt sie die Sitzfläche, belegt sie mit einer Decke und zusätzlich mit einem Kissen.

„Kartoffelsalat ist mir zu fettig", lehnt sie mein Angebot ab und ergänzt: „Fleisch und Alkohol meide ich seit Jahren." Dabei schaut sie vorwurfsvoll auf mein Bier und die Bratwurst. „Ich trinke generell nur Tee ohne Zucker", erklärt sie, als wäre es eine besonders lobenswerte Leistung.

„Und ich am liebsten Wodka", ruft Erwin und hebt sein Glas. „Aber Bier geht auch."

Gislinde wirft ihm einen verächtlichen Blick zu und lässt sich von ihrem Mann Tee nachschenken. Die Beiden essen einen Feldsalat ohne Tomaten, ohne Speck und ohne Öl, der ihnen offenbar schmeckt, aber ganz sicher nicht satt macht.

„Euer Familienname klingt ungewöhnlich."

Fast hätte ich fremdländisch gesagt.

„Latour ist französisch", verkündet Gislinde und schaut stolz in die Runde, als hätte sie gerade einen Preis gewonnen.

„Meine Vorfahren waren Hugenotten und flohen vor etwa hundertfünfzig Jahren aus Frankreich", erklärt ihr Mann. „Protestanten waren damals im katholischen Frankreich nicht gern geduldet."

Hoffentlich kann ich mir diesen komplizierten Namen merken. Eine Eselsbrücke dafür fällt mir leider nicht ein.

„Was machen Sie beruflich?", erkundige ich mich.

„Das geht niemanden etwas an!", zischt Gislinde und ergänzt, dass sie gar nicht über ihre Firma sprechen darf. Das sei verboten und würde bei Zuwiderhandlung zu einer Abmahnung führen.

Das finde ich zwar seltsam, doch man weiß ja nie, was es heutzutage für Bestimmungen gibt.

„Ich war Köchin und bin seit dem letzten Jahr in Rente", erzähle ich.

„Wir gehen ebenfalls bald in Rente", sagt Gislindes

Mann.

„Das muss hier niemanden interessieren", fertigt sie ihn ab. „Außerdem gehe ich jetzt nach oben, da ich den Qualm vom Grill nicht vertrage."

Herr Latour lehnt sich zurück. Offenbar möchte er noch bei uns sitzen bleiben. Gislinde schnappt ihren Teller und die Tasse und sagt: „Den Rest bringst du bitte mit! Denke daran, dass wir in zwanzig Minuten zusammen einen Film anschauen wollen! Verpasse ihn nicht!"

„Filme kann man aufnehmen", tröstet Erwin. „Oder man hofft, dass sie irgendwann wiederholt werden."

Gislinde dreht uns den Rücken zu und marschiert mit hoch erhobenem Kopf ins Haus. Ihr Mann heißt Uwe und arbeitet auf dem Bau. Wir erfahren, dass beide jeweils zwei erwachsene Kinder mit früheren Partnern haben und Uwe sogar drei Enkel, die er allerdings selten sieht, weil sie in Bayern leben.

Die Schmidts aus dem Erdgeschoss habe ich bereits näher kennengelernt, weil sie zwei kleine Hunde haben, denn mit Hundehaltern kommt man recht schnell ins Gespräch. Deshalb weiß ich, dass es französische Bulldoggen sind, die wenig Auslauf brauchen und am liebsten auf dem Sofa oder in der Sonne liegen. Einer der beiden ist hellbraun, der andere rabenschwarz. Sie haben große abstehende Ohren, eine platte Schnauze und krumme

Beine. Obwohl sie so klein sind, wirken sie stämmig und stark.

Herr Schmidt trägt ein voll beladenes Tablett mit Gläsern, Tellern, Besteck, zwei Schüsseln und sogar Servietten, seine Frau eine Art Holzgitter mit sechs Bierflaschen darin. Die Schmidts geben jedem die Hand und sagen zu mir: „Ich bin die Silvia, ich der Sascha."

Die Hunde legen sich einfach neben Silvia auf den Boden und wirken zufrieden mit sich und der Welt. Ich finde es lustig, dass sie immer schnaufen und grunzen und sogar schnarchen.

Laut *Hallo!* schreiend stürmen die Zwillinge Leon und Liam auf uns zu. Sie kriechen sofort unter den Tisch, um mit den Hunden zu spielen.

„Fünf Minuten!", mahnt Silvia streng, denn die Tierchen dürfen sich nicht überanstrengen, weil sie schnell keine Luft mehr bekommen.

„Das Rasseln ist ein Zeichen für eine eingeengte Atmung", erklärt mir Irene leise. „Ich mag diese Rasse gern und wollte mir im letzten Jahr selbst so einen Frenchie kaufen. Doch dann habe ich gelesen, dass manche Tiere so furchtbar unter der Atemnot leiden, dass sie fiepen, röcheln, würgen oder sogar erbrechen. Sie sind oft nahe an einer Ohnmacht."

„Das ist ja furchtbar!", rufe ich aus.

„Was ist furchtbar?", hakt Silvia nach. „Die vielen

Bienen?"

Was für Bienen? Ich habe nichts davon gemerkt. Nicht einmal Wespen gibt es hier.

„Wir haben zwei Bienenstöcke auf dem Balkon", erklärt Uwe.

„Auf dem Balkon?"

„Ist das erlaubt?"

„Hier im Haus?"

„Sie werden uns stechen!"

„Hoffentlich fliegen sie nicht in meine Wohnung!"

„Im Wohngebiet ist das verboten!"

Alle rufen aufgeregt durcheinander.

„Wir mussten keinen Vermieter fragen, weil wir die Wohnung gekauft haben. Doch Honigbienen sind sanftmütig und nicht aggressiv, sie gehen nicht auf Süßes wie Wespen. In die Wohnungen verirren sie sich schon gar nicht. Ihr werdet erleben, dass die Blumen hier im Garten ab jetzt viel besser wachsen und auch die auf dem Balkon."

Jetzt erinnere ich mich, dass ich auf meinen Blumenkästen hin und wieder einzelne Bienen gesehen habe. Wenn es stimmt, was Uwe sagt, dass sie nicht stechen, sondern die Blumen bestäuben und dafür Honig liefern, habe ich nichts gegen diese Insekten. Ameisen würden mir weniger gefallen, zumal diese sehr gern in die Wohnung krabbeln.

Uwe hat inzwischen kleine Gläser mit Honig aus

seinem Korb genommen und jedem Nachbarn eins geschenkt.

„Ich hoffe, dass euch der Honig schmeckt und ihr euch mit meinen Bienen anfreunden könnt."

Nun stoßen auch die Eltern der Zwillinge dazu. Sie stellen für die Jungs Plastikflaschen mit Limonade auf den Tisch und trinken eine Art buntes Bier, ebenfalls gleich aus der Flasche. Ich erkenne Mango und Banane, die anderen haben englische Bezeichnungen, die mir nichts sagen. Zu essen gibt es bei ihnen nur Steaks mit Toastbrot. Von meinem Kartoffelsalat zeigen sie sich ganz begeistert, was mich richtig glücklich macht.

Erwin ist der Grillmeister, legt Fleisch und Wurst auf und wendet alles rechtzeitig, damit nichts verkohlt. Alle reden lustig durcheinander, so dass ich den Gesprächen kaum folgen kann. Doch eines steht fest: So viel wie an diesem Abend habe ich schon lange nicht mehr gelacht. Zum Schluss holt Erwin eine Flasche Wodka und schenkt jedem ein Glas ein.

Ich mag Gespräche, in denen ich die Menschen und ihre Gewohnheiten und Ansichten kennenlerne. Nichts scheint mir wichtiger. Über Belangloses kann ich nicht plaudern, das geht einfach nicht. Da ich aber in Wirklichkeit nichts Wichtiges zu sagen habe, schweige ich lieber und höre zu. Meist staune ich über die Meinungen der Anderen, die sich oft von meinen unterscheiden. Die Leute wissen so vieles und haben zu allem eine feste Meinung, als wissen sie im Gegensatz zu mir über alles ganz genau Bescheid.

*****

„Eure Hunde machen viel Dreck!", höre ich eine Frau schimpfen. „Sie sind schmutzig!"
Ich öffne die Tür und sehe Gislinde mit eingestützten Armen vor Silvia stehen.
„Sind Tiere überhaupt in Mietwohnungen erlaubt?"
„Selbstverständlich", antwortet Silvia ruhig, dreht sich um und geht zurück in ihre Wohnung.
„So eine Unverschämtheit! Haben Sie gesehen, dass mich diese Person einfach stehenließ?", wendet sie sich an mich.
„Sicher dachte sie, dass alles gesagt ist."
„Ich werde mich über die Hunde und ihren Dreck beschweren. Seit ich hier wohne, kriege ich kaum Luft wegen der vielen Haare. So geht das nicht weiter."
„Die Hunde waren schon vor Ihnen hier, sind leise und machen keinen Dreck, weil Silvia sie über die Terrasse hereinlässt."
Über das starke Haaren ihrer Hunde hat sich Silvia selbst schon beklagt. Sie sagt, dass sie täglich mehrfach saugen muss, obwohl das glatte Fell aussieht, als hätte es überhaupt keine Haare.

„Was mischen Sie sich ein?", geifert Gislinde.

Hatte ich mich eingemischt?

„Sie sind krankhaft neugierig und kommen immer angekleckert, wenn jemand das Haus betritt."

So sieht sie das also. Doch ich bin nicht neugierig, sondern interessiert an allem, was um mich herum passiert. Ich lebe schließlich nicht auf einer einsamen Insel, sondern mitten in der Stadt in einem Mietshaus und möchte wissen, wie es meinen Nachbarn geht. Leute, die etwas wissen wollen, fragen. Deshalb frage ich und höre jedem aufmerksam zu. Aufmerksam, das ist das richtige Wort, ich bin aufmerksam.

„Übrigens habe ich der Verwaltung einen Brief geschrieben, weil es hier im Haus so schmutzig ist."

„Wegen der Hunde?"

„Haben Sie keine Augen im Kopf? Die Fenster im Hausflur werden nur einmal im Monat geputzt, ebenso der Keller. Die Türen und Geländer scheint die Putze überhaupt nicht abzuwaschen. So geht das nicht! Hier wohnen nur Schweine, die sich in ihrem eigenen Dreck wohlfühlen."

„Übertreiben Sie nicht ein wenig?"

„Übertreiben? Das ist noch längst nicht alles! Ich werde mich beschweren! In meinem ganzen Leben habe ich noch niemals in solch einem schmutzigen Haus gewohnt. Pfui Teufel!"

Gislinde mustert mich verächtlich von oben bis unten, bevor sie endlich geht.

Was war das für ein seltsamer Auftritt? War sie wegen der Hunde so verärgert? Oder findet sie wirklich, dass unsere Putzfrau nicht gründlich arbeitet? Ich bin jedenfalls zufrieden und vor allem glücklich, dass ich nicht wie im früheren Haus jede zweite Woche die Treppe wischen muss. Dort gab es viel Streit um Mieter, die die Hausordnung nicht ernst nahmen.

Ein einziger unzufriedener Nachbar kann die Stimmung im ganzen Haus verderben und sogar das Zusammenleben unerträglich machen.

*****

Als ich den Müll wegbringen will, sehe ich auf dem Hof zwei fremde Fahrzeuge, eins steht auf Erwins Parkplatz, das andere vor Schmidts Terrasse.

„Die Autos gehören Gislindes Töchter", weiß Irene.

„Hat sie Geburtstag?"

Gestern roch es im Treppenhaus nach frisch gebackenem Kuchen.

„Nein, ihre Oma ist gestorben und wird heute beigesetzt."

Das ist ein trauriger Anlass für ein Familientreffen. Ich vermute, dass es Gislindes Mutter ist.

„Nein, es ist die Mutter ihres früheren Mannes, der vor vielen Jahren an einer Krankheit starb."

Dann ist sie jung Witwe geworden. Man kann in die Menschen nicht hineinschauen und weiß nicht, mit welchem Kummer sie sich herumschlagen. Zum Glück lernte sie Uwe kennen. Er scheint mir recht nett zu sein. Gislinde dagegen lehnt jeden Kontakt zu den Nachbarn ab. Deshalb wundert mich, dass sie sich Irene anvertraute.

„Sie hat sich also viele Jahre um die Mutter ihres verstorbenen Mannes gekümmert."

Irene zuckt mit der Schulter, weil sie es wohl selbst nicht so genau weiß.

„Lebte die alte Dame allein?"

„Nein, sie wohnte seit zwanzig Jahren mit ihrem Lebensgefährten in einem kleinen Haus am Stadtrand. Er ist jetzt neunzig Jahre alt, darf aber nicht mit zur Beerdigung."

„Warum nicht? Ist er krank?"

Irene schüttelt den Kopf.

„Gislinde sagt, er gehört nicht zur Familie."

„Wieso nicht?"

„Sie waren nicht verheiratet und ein Testament gibt es nicht. Deshalb geht alles an Gislindes Töchter, die zwar erben, aber nicht für den Unterhalt des alten Herrn zuständig sind. Die Verstorbene hat noch einen Bruder, doch der geht ebenfalls leer aus und soll auch nicht zur Trauerfeier kommen."

Als Irene mein fassungsloses Gesicht sieht, erklärt sie, dass zur Zeit nur zehn Personen bei Beerdigungen gestattet sind und diese zehn Personen stellt allein Gislinde.

So richtig verstehe ich das nicht, denn meiner Meinung nach sind nur ihre beiden Töchter und der Bruder mit der Verstorbenen verwandt; nicht Gislinde, nicht ihr Mann und auch nicht die Partner der Töchter. Für mich wäre zuerst der alte Lebensgefährte wichtig, dann die beiden Enkel und der Bruder mit Frau, maximal noch Gislinde. Das sind sechs Personen. Und genau diese Personen zähle ich laut auf.

„Gislinde sagt, der Bruder sei schon zu alt, um eine Trauerfeier durchzustehen und der Partner gehöre schließlich nicht zur Familie."

Was soll man dazu sagen? Mir fehlen die Worte.

„Es soll eine stille Feier ganz ohne Musik und ohne Ansprache werden."

„Ohne Abschiedsrede?"

Ungläubig schüttle ich den Kopf. So etwas hatte ich noch nie gehört. Doch jede Familie hat ihre eigenen Traditionen, die anderen manchmal seltsam erscheinen.

Wir setzen uns in die ruhige Grillecke, wo wir nicht gesehen werden, um nicht neugierig zu wirken. Ich denke über Gislinde, ihre Familie und die seltsame Trauerfeier nach.

„Hast du eigentlich deine Beerdigung geregelt?"

Überrascht schaue ich Irene an. Wie kommt sie auf diese absurde Idee?

„Natürlich nicht!", gebe ich empört zurück.

„Das solltest du aber. Oder willst du die ganze Organisation deinen Kindern überlassen?"

Etwas beschämt gebe ich zu, dass ich darüber noch nie nachgedacht habe. Wenn jemand stirbt, kümmern sich die Hinterbliebenen. Allerdings habe ich schon gehört, dass der meiste Streit in den Familien nach einem Todesfall entsteht.

„Ich habe meine komplette Beerdigung festgelegt, kenne meine Grabstätte und die Kosten."

„Kosten? Wie teuer ist denn so eine Beerdigung?"

„Eine ganz schlichte Beerdigung kostet etwa 8.000 Euro."

„Du liebe Güte! So viel? Das wusste ich nicht."

Als vor zwanzig Jahren mein Vater starb, kümmerte sich meine Mutter um alles. Und als sie im letzten Jahr starb, organisierte meine Schwester Birgit die Beerdigung. Um die Kosten oder den Nachlass habe ich mir überhaupt keine Gedanken gemacht. Ich war einfach nur traurig, weil meine Mutter nicht mehr lebt, obwohl sie schon alt und krank war .

„Neben der Bestattung werden Friedhofsgebühren fällig, Kosten für Grabstein, Sarg und Urne sowie für die Trauerfeier."

„Und wenn der Verstorbene gar nicht so viel Geld hinterlässt?", frage ich ängstlich.

Ich habe zwar ein Konto, doch nicht einmal zweitausend Euro angespart.

„Dann ist der Ehepartner zuständig."

„Und wenn man keinen mehr hat wie ich?"

„Dann müssen die Kinder für alles aufkommen. Es

gibt eine gesetzlich festgelegte Reihenfolge. Sind keine Kinder vorhanden, müssen die Eltern übernehmen, danach Geschwister, Großeltern, Enkel und schließlich Verwandte bis dritten Grades."

Ziemlich betroffen schweige ich. Warum habe ich mich nicht schon früher erkundigt? Wenn ich noch zwanzig Jahre lebe und jeden Monat fünfzig Euro beiseite lege, kann ich meine Kinder entlasten.

„Warum?", frage ich. „Ich meine, wieso kann man seine eigene Beerdigung organisieren, wenn man noch gar nicht gestorben ist?"

„Nach dem Tod meines Mannes war ich allein und habe mir Gedanken gemacht, wer mich wohl unter die Erde bringt."

„Aber du hast doch vier Geschwister!", rufe ich aus.

„Das stimmt. Doch ihnen will ich das nicht aufbürden. Außerdem verstehen wir uns nicht sonderlich gut."

Ein Therapeut wie Irene sollte wissen, wie man mit Menschen umgeht, damit es keine Probleme gibt. Ich sage ihr das.

„Auch Fachleute sind nur Menschen, auch sie leben manchmal in einem schwierigen Umfeld oder müssen schlimme Erfahrungen verkraften. Ich kann leicht anderen helfen, doch nicht mir selbst."

Das verstehe ich nicht. Wenn ein Therapeut einem fremden Menschen aus seiner Krise helfen kann, muss er sich auch selbst helfen können. Ich als

Koch weiß nicht nur auf Arbeit, wie man Rouladen zubereitet, sondern auch daheim in meiner privaten Küche. Für alles gibt es ein Rezept und demzufolge eine passende Lösung.

*****

Heute ist Donnerstag und Irene kommt zu mir. Ich habe dieses Mal einen Kirschkuchen gebacken.

„Hier!" Ich zeige auf einen Teller, worauf drei Stück Kuchen liegen. „Die sind für deinen Vater."

„Mein Vater", sagt sie gedankenverloren. „Mein Vater war Musiker und oft tagelang mit seinem Orchester unterwegs. Damit kam unsere Mutter nicht zurecht und ließ ihren Frust an uns Kindern aus. Ständig drohte sie, wegzugehen und nicht mehr wiederzukommen. Seitdem leide ich unter Verlustängsten, die ich auch nicht in den Griff bekam, als ich selbst wegging."

Irene schweigt und ich gieße Kaffee nach.

„Erzähle weiter!", bitte ich.

„Ich lernte Bankkauffrau und im Ausbildungsbetrieb meinen Mann kennen ...", sie lächelt, „... und wurde sofort schwanger. Peter war nicht begeistert und wollte, dass ich das Kind abtreibe."

Schwangerschaftsabbrüche waren damals in der DDR legal und völlig normal. Ein Anruf in der Klinik und ein kurzes Gespräch mit dem Arzt vor dem Eingriff reichten aus. Es entstanden auch keine

Kosten. Heute wäre eine Abtreibung schwieriger zu organisieren.

„Ich behielt das Kind und heiratete Peter. Unsere Tochter Tanja sollte kein Einzelkind bleiben, zwei Jahre später wurde Mirko geboren." Irene schaut versonnen aus dem Fenster. „Mirko war ein unkompliziertes Baby, das selten weinte und mit sich selbst zufrieden war. Hast du einen Schnaps?"

Schnaps? Ich brauche eine Weile, um von der Geschichte über die Geburt der Kinder zurück auf das Hier und Heute zu schalten.

„Nur Eierlikör."

Irene nickt. Während ich den Likör einschenke, erzählt sie weiter.

„Eines Morgens brachte Peter Tanja in den Kindergarten und ich wollte den kleinen Mirko aus seinem Bettchen holen. Er lag ruhig auf dem Bauch und strampelte nicht wie sonst vergnügt mit den Beinen. Ich wunderte mich, dass er an diesem Tag so lange schlief."

Ich reiche ihr das Glas und sehe, dass sie leichenblass ist und ihr die Tränen übers Gesicht laufen. Wie erstarrt stehe ich neben ihr und höre, wie sie fast unhörbar leise sagt: „Aber er schlief nicht. Er war tot."

Jetzt weine auch ich, obwohl ich dieses Kind gar nicht kenne. Aber ich spüre mit jeder Faser meines Körpers das Leid der jungen Mutter und hätte sie am liebsten jetzt in den Arm genommen. Doch ich wage nicht, mich zu rühren.

Irene erinnert sich, dass sie ihren toten Sohn in die Arme nahm und schreiend auf die Straße lief. Ein Telefon besaß sie damals nicht. Was danach passierte, weiß sie nicht mehr. Von ihrer Mutter erfuhr sie später, dass sie nach einem kurzen Aufenthalt im Krankenhaus fast eineinhalb Jahre in der Psychiatrie untergebracht und behandelt wurde.

Während dieser Zeit ließ sich Peter von ihr scheiden und bekam das Sorgerecht für Tanja. Sie hat beide nie wieder gesehen und leidet bis heute an den Folgen unverarbeiteter Trauer.

Die Leere nach dem Verlust ihrer Familie ließ sie wie in einer Lähmung erstarren. Nach der Wende suchte sie Hilfe bei einem Traumatherapeuten und las zahlreiche Fachbücher. Seitdem weiß sie, dass plötzlicher Kindstot früher recht häufig vorkam und meist Jungen im Alter von maximal sechs Monaten betrifft.

Die Trauer hat sie im Laufe der Jahre überwunden, doch nicht ihre Verlustängste. Sobald sie auch nur ein Buch verliert, wird sie unruhig, weil sie den Verlust nicht erträgt. Dann macht sie Yoga-Übungen, um sich zu entspannen.

Trotzdem ist es ihr gelungen, eine Ausbildung zum Therapeutischen Berater zu absolvieren und eine eigene Praxis zu führen.

„Aber dann hast du noch einen Sohn bekommen?",

versuche ich, sie ein wenig aufzumuntern.

„Du meinst Hauke? Er ist nicht mein Sohn." Irene seufzt und sagt plötzlich kühl: „Ich mag ihn nicht."

„Du magst ihn nicht?"

Mehr fällt mir dazu nicht ein. Man muss nicht alle mögen, nicht einmal seinen Sohn und schon gar nicht, wenn Hauke nicht ihr Sohn ist.

„Das ist schnell erzählt. Ich lernte ihn während meiner Ausbildung kennen, als ich ein Praktikum im Kinderheim absolvierte. Hauke nannte mich vom ersten Tag an *Ma* und ließ sich durch nichts davon abbringen. Ich mochte ihn schon als Kind nicht und ging ihm so gut ich konnte aus dem Weg. Nach dem Praktikum sah und hörte ich nichts mehr von ihm und hatte ihn längst vergessen, als er plötzlich in meiner Praxis auftauchte."

„Hier im Haus? Wo ich jetzt wohne?"

„Genau da. Seitdem kreuzt er regelmäßig hier auf, meist mit seinem seltsamen Sohn." Wieder seufzt sie. „Ich werde ihn einfach nicht los."

Darüber muss ich nachdenken. Muss ein Therapeut seinen Patienten mögen? Sicher nicht. Sicher darf er ihm auch aus dem Weg gehen. Trotzdem begreife ich die Situation nicht.

*****

Von Psychologie verstehe ich nichts. Auch sonst weiß ich nicht viel. Weil mich nicht so viel interessiert. Weder fremde Länder und schon gar nicht Politik. Tiere mag ich gern und natürlich Menschen und ihre Geschichten. Irene sagt, ich soll lesen, weil in Büchern viele Geschichten über Menschen stehen. Doch mir ist das Lesen zu anstrengend. Auch fehlt mir die Fantasie, mir die Menschen in den Geschichten vorzustellen. Ich muss sie sehen, ihnen gegenüberstehen, in ihren Gesichtern lesen. An ihren Stimmen und der Mimik erkenne ich, ob sie traurig oder fröhlich sind, ob sie sich gern mit mir unterhalten oder lieber weitergehen möchten. Mit den Nachbarn habe ich seit dem Grillfest einen recht angenehmen Kontakt, was mir richtig gut tut. Aber mir fehlt der direkte Kontakt zu meinen Kindern. Karla wohnt weit weg in Berlin und Olaf findet immer seltener Zeit, mich zu besuchen. Die Enkel habe ich seit Monaten nicht mehr gesehen. Auch Herrn Friedrich nicht, obwohl ich jeden zweiten Tag über den Friedhof schlendere und nach ihm Ausschau halte. Vergebens.

Juli

Der Sommer zwei Wochen alt, die Sonne brennt erbarmungslos vom Himmel und der Wetterbericht kündigt an, dass heute die Dreißig-Grad-Marke geknackt wird. Wie kann man eine Temperatur knacken? Mich amüsiert diese seltsame Bezeichnung, aber mich amüsiert die Hitze nicht. Ich vertrage sie nicht und möchte mich im Schatten verkriechen. Mein Balkon ist zum Glück nach Osten ausgerichtet, so dass die Temperaturen in meiner Stube am Nachmittag erträglich sind. Meist gehe ich nur in den frühen Morgenstunden eine kleine Runde spazieren und wie jetzt nach dem Abendessen.

Als ich aus der Tür trete, pralle ich fast mit einem Besucher zusammen.

„Zu wem möchten Sie? Kann ich helfen?"

„Erkennen Sie mich nicht?"

Es ist Herr Friedrich! Hat er zu dieser späten Stunde im Haus zu tun? Aber er trägt keine Arbeitskleidung, sondern eine helle Sommerhose und ein kurzärmeliges Hemd. Außerdem weiß ich, dass er inzwischen Rentner ist.

„Zu wem möchten Sie?", wiederhole ich.

Statt zu antworten hält er zwei Blumensträuße in die Luft: pinkfarbene und gelbe Astern. Astern mag ich besonders gern, weil man sie das ganze Jahr über kaufen kann und sie in der Vase lange halten. Sie haben ganz unterschiedlich große Blüten in unglaublich vielen Farben.

Herr Friedrich streckt mir einen Strauß entgegen und sagt: „Der andere ist für meine Frau."

Hat er wieder geheiratet?

„Ich will zum Friedhof." Nach einer Weile fragt er: „Begleiten Sie mich ein Stück?"

„Sehr gern", stimme ich zu und werde rot dabei.

„Ich will nur schnell die schönen Blumen ins Wasser stellen."

Bevor ich die Vase hole, eile ich ins Bad und prüfe meine Frisur. Meine Haare stehen wüst zur Seite, weil ich sie vorhin erst frisch gewaschen habe. Seit einigen Wochen fallen sie aus, weshalb ich mir ein furchtbar teures Shampoo kaufte, nicht wie sonst das einfache bei Penny. Beim ersten Waschen kam nur wässrig dünne Brühe aus der Flasche und ich ärgerte mich, dafür so viel Geld ausgegeben zu haben. Doch als ich die Flasche schüttelte, ließ sich eine weißlich grüne Creme herausdrücken, die nach Lindenblüten duftete. Nun hoffe ich, dass das teure Zeugs nicht nur gut riecht, sondern vor allem gegen Haarausfall hilft. Heute band ich ein Handtuch um den Kopf und rubbelte die Haare nicht wie sonst trocken, denn das Rubbeln verursacht angeblich Haarausfall. Dabei habe ich mein ganzes Leben lang die Haare trocken gerubbelt. Vielleicht liegt es am Alter, dass mir die Haare ausgehen.

Herr Friedrich hat wunderbar volles Haar, wobei bei einem Mann nicht einmal eine Glatze schlimm ist. Schnell glätte ich die Frisur mit einer nassen Bürste. Wie sehe ich überhaupt aus? Der Pulli ist alt und an den Rändern abgeniffelt. Ich werde lieber in eine hübsche Sommerbluse schlüpfen und vorher noch etwas Deo auftragen.

Als wären wir alte Bekannte, nimmt Herr Friedrich meine Hand und legt sie um seinen Arm. Das hat er schon einmal gemacht und mir wird blitzartig heiß und zwar im ganzen Körper. Das ist mir sehr unangenehm und ich hoffe, nicht verschwitzt zu riechen. Zum ersten Mal in meinem ganzen Leben bedaure ich, kein Parfüm daheim zu haben.

„Ich habe so manches Mal an Sie gedacht", gesteht Herr Friedrich.

Ich auch, denke ich, sage es aber nicht.

„Vor allem an die leckeren Hackepeterbrötchen."

Innerlich stöhne ich, weil er nicht an mich, sondern nur an deftiges Essen denkt. Aber eigentlich ist mir das gleichgültig. Wichtig ist nur, dass er jetzt hier ist und meinen Arm hält. So Arm in Arm könnte ich ewig laufen und würde am liebsten einen Umweg machen.

„Besuchen Sie mich öfter und ich serviere Ihnen, worauf Sie Lust haben!", sage ich und erschrecke im gleichen Moment über meine Dreistigkeit.

„Das geht nicht!", sagt er entschieden.

„Warum?"

„Weil jede Einladung eine Gegeneinladung fordert. Aber ... Ich werde Sie niemals einladen."

„Warum?", wiederhole ich.

„Weil Sie Köchin sind."

Weil ich nichts weiter als eine Köchin bin? Ich bin nicht gekränkt, nur enttäuscht, dass er mich deshalb geringschätzt. Wie damals mein Mann. Doch es ist wie es ist. Ich kann wirklich nur kochen. Jeder weiß, was ein Koch macht: Er schält Kartoffeln, putzt Gemüse und brät Fleisch an. Das kann jeder. Und jeder kann noch etwas anderes, etwas Besonderes. Ich kann nichts Besonderes. Ich *bin* nichts Besonderes. Deshalb lädt mich Herr Friedrich nicht ein und deshalb sollte ich jetzt umkehren. Außerdem sollte ich nicht zusehen, wie er Blumen am Grab seiner Frau niederlegt. Das gehört sich nicht. Und doch bleibe ich stehen und denke, wie hübsch die gelben Astern in der Sonne leuchten.

Herr Friedrich steuert eine Bank an, die vor einem rosa blühenden Eibisch steht. Beim Sitzen berührt sein Bein leicht mein Knie. Sicher hat er das nicht gemerkt, aber ich. Wie verhält man sich in solch einem Fall? Soll ich so tun, als spüre ich das nicht? Oder zieht eine anständige Frau ihr Bein zurück und weist den dreisten Herrn in seine Schranken? Doch ich muss zugeben, dass mir die Berührung überhaupt nicht unangenehm ist.

„Wissen Sie, bei mir daheim geht es recht einfach zu, weil ich mich nicht aufs Kochen verstehe."

Ich verstehe nicht, wovon er spricht.

„Manchmal koche ich ein paar Kartoffeln und esse Brathering dazu oder ein Ei. Doch meist gibt es nur Brot mit Wurst und dazu Bier."

Er lächelt verlegen, als müsse er um Entschuldigung bitten. Aber das muss er nicht.

Ich nicke, denn so ähnlich halte ich es auch. Am

144

Abend esse ich ebenfalls nur eine Scheibe Brot, meist mit etwas Käse. Und mittags habe ich selten Freude daran, für mich allein zu kochen. Meist gibt es Nudeln mit Gemüse. Für Herrn Friedrich würde ich gern hin und wieder kochen, ein Schnitzel braten zum Beispiel. Aber er mag mich nicht, weil ich nur eine Köchin bin.

„Wenn ich kochen könnte, hätte ich Sie längst eingeladen."

„Sie laden mich nicht ein, weil Sie nicht kochen können?"

Ich verstehe immer noch nicht.

„Natürlich kann ich Kaffee kochen und könnte Kuchen vom Bäcker holen, denn Backen kann ich leider auch nicht." Wieder schaut er mich verlegen lächelnd und fast bittend an. „Ich habe keine Angst, mich zu blamieren, mir ist nur wichtig, dass Sie sich wohlfühlen."

Jetzt begreife ich! Er lädt mich nicht ein, weil er nicht kochen kann und Angst hat, dass es mir bei ihm nicht schmeckt. Aber es kommt doch nicht aufs Essen an, sondern auf die Tischgesellschaft. Ich habe in einer Großküche gelernt und immer einfache Mahlzeiten gekocht, auch bei mir daheim. Von aufwändigen Gerichten und dekorierten Tellern halte ich gar nichts. Je schlichter, desto besser und ehrlicher.

Mich erfasst plötzlich solch ein Glücksgefühl, dass ich seine Hände ergreife, ihm in die Augen schaue und sage: „Ich würde sehr gern zu Ihnen kommen und wäre auch mit einer Leberwurstschnitte hochzufrieden."

Herr Friedrich lacht so laut, dass ich mich erschrocken umschaue, ob wir mit unserem Gelächter Trauernde stören.

„Wenn Sie erlauben, lade ich Sie zum Abendessen ins Waldcafé ein."

„Gern", stimme ich leise zu.

„Dann lassen Sie uns gehen!"

Langsam schlendern wir über den Friedhof, aber nicht Richtung Hauptausgang, sondern Richtung Wald, wo der Weg zum Café führt.

„Wollen Sie mich etwa heute schon ausführen?"

„Natürlich! Jetzt sofort!"

„Aber ich habe bereits gegessen."

Außerdem würde ich mich für einen Lokalbesuch anders anziehen, ein Kleid und feinere Schuhe tragen.

„So früh?"

Ralfs Stimmt klingt enttäuscht. Ich nicke.

„Ich esse immer um 17:30 Uhr."

„Immer zur gleichen Zeit?", fragt er ungläubig.

Meinen Tag habe ich mir gut eingeteilt. Das war schon früher so, als die Kinder noch daheim wohnten, und hat sich wunderbar bewährt. Jetzt als Rentner bin ich für diese Struktur direkt dankbar, weil ich mich nicht treiben lasse, sondern immer zur gleichen Zeit spazieren gehe, mein Essen zubereite, die Wohnung putze, die Wäsche wasche und zu Bett gehe.

Herr Friedrich berührt leicht mit der Hand meinen Rücken, was ich durch den dünnen Stoff meiner Bluse heiß auf meiner Haut spüre. Dann umfasst er meinen Ellenbogen, was mich noch mehr durcheinander bringt, da ich Berührungen nicht gewöhnt bin, schon gar nicht auf der nackten Haut.

„Setzen wir uns!" Herr Friedrich zeigt auf eine Bank im Schatten einer großen Kastanie. „Erzählen Sie!", fordert er mich auf. „Ich weiß so wenig über Sie."

Von mir gibt es nichts zu erzählen. Außerdem hat mich noch niemals jemand gebeten, von mir selbst zu reden.

„Da gibt es nicht viel zu sagen. Ich habe zwei Kindder großgezogen, wie andere auch."

Ich liebe meine Kinder, doch sie sind nur für mich etwas Besonderes. Sie waren in keiner Musikschule und auch nicht in diversen Sportclubs, eher mittelmäßig in der Schule und machten keinen Ärger. Ich habe sie kaum gesehen, weil ich arbeiten ging und sie draußen auf der Straße spielten. Soll ich etwa sagen, dass mein Sohn in Scheidung lebt und meine Tochter zusammen mit einer Frau?

„Sie sind beide Erzieher. Und was machen Ihre Kinder?", lenke ich ab.

„Meine zwei Söhne leben in Stuttgart. Der Ältere ist

Schauspieler, der Kleine Journalist."

„Wie interessant! Sicher lernen sie berühmte Leute kennen."

„Das ist wohl wahr. Dieses Talent für fremde Leute haben sie von ihrer Mutter geerbt. Für mich wäre das nichts, ich bin mit mir selbst zufrieden und ganz gern allein."

So ist das also. Doch mich hat er aufgesucht und zum Spaziergang und nun sogar ins Waldcafé eingeladen.

„Im Grunde mag ich weder Schauspieler noch Journalisten."

„Aber warum?" Ich stelle mir deren Leben spannend vor. „Sie hätten Interessanteres zu erzählen als ich."

Herr Friedrich lächelt.

„Das mag sein. Sie reden viel, doch immer von Menschen, die ich nicht kenne, die sie beeindruckt haben, während ich nur wissen will, wie es ihnen geht, was sie so machen, ob sie glücklich sind oder Kummer haben."

Wieder ergreife ich seine Hand, weil es genau die Worte sind, die ich auch immer sage und für die ich so oft von anderen belächelt werde.

„Journalisten beobachten Menschen und Ereignisse und beschreiben sie für andere Menschen. Wissen Sie, ich schaue gern Dokumentationen, doch die Fragen, die mich interessieren, werden dabei nie gestellt."

„Welche Fragen meinen Sie?“

„Wie der Alltag der Menschen aussieht, interessiert mich mehr als die ständigen Berichte über Maler und Bildhauer, die sich weltweit wie ein Ei dem anderen gleichen.“

Ich nicke, obwohl ich mir nicht sicher bin, ob ich weiß, wovon er spricht.

„Von Kunst verstehe ich nichts. Ich schaue gern Dokumentationen über Tiere oder Kochsendungen, kaum Filme. Deshalb kenne ich auch keine Schauspieler.“

„Ein Schauspieler zeigt das Leben, wie es ist.“

„Wirklich? Ich dachte immer, er zeigt nur das, was ein Anderer von ihm verlangt. Er spielt eine Rolle.“

„Wie im Leben. Auch im Leben spielt jeder Mensch Theater. Keiner ist so, wie er wirklich ist, jeder ist nur so, wie er gesehen werden will als Partner, Kind, Elternteil, Freund, Nachbar oder Kollege.“

Ist das wirklich so? Ich bin immer ich, immer die gleiche Person und verhalte mich immer gleich. Mit meinen Kollegen rede ich nicht anders als mit meinen Nachbarn. Ich sehe nicht nur die Funktion, sondern den gesamten Menschen. Machen das andere anders? Meine Kinder zum Beispiel. Bin ich für sie nur das Muttertier und für meine Nachbarn nur die Nachbarin, die zufällig im gleichen Haus wohnt? Das gefällt mir nicht. Wer bin ich für Herrn Friedrich? Spielt er mir etwas vor wie ein Komödiant?

„Waren Sie als Handwerker ein anderer Mann als jetzt, wenn Sie mit mir sprechen?", frage ich verärgert.

Er antwortet nicht. Vielleicht hat er meine Frage nicht gehört. Oder er weiß keine Antwort. Ich glaube, er ist im Moment nur der trauernde Witwer, denn er schaut gedankenverloren auf die Gräber vor uns. Wir sollten endlich den Friedhof verlassen! Also stehe ich auf, während Herr Friedrich sitzen bleibt. Was mache ich jetzt? Mich kurz verabschieden und gehen? Wenn er mir nicht folgt, sehen wir uns nicht wieder.

„Warten Sie!" Er steht auf und umfasst wieder meine Ellenbogen. „Wenn Sie erlauben, gehen wir trotzdem ins Waldcafé und trinken zusammen ein Glas Wein."

Bittend schaut er mich an und ich nicke erleichtert, weil er mich nicht gehen lässt.

„Ich musste gerade an meine Frau denken, die so gern unsere Söhne in Stuttgart besucht hätte. Das hat sich leider nie ergeben. Meist waren die Jungs unterwegs, der Große auf Tournee und der Kleine irgendwo im Ausland. Selten hielten sie sich gleichzeitig in Stuttgart auf. Außerdem waren *sie* fortgezogen und nicht wir. Also sollten sie uns besuchen und nicht umgekehrt. Irgendwann fuhr Irmi einfach allein nach Stuttgart und ist nur wenige Monate danach gestorben."

Das tut mir leid, doch immerhin hat sie ihre Söhne

noch einmal gesehen.

„Ich hätte sie begleiten müssen. Aber ich war stur und habe lieber wie an jedem Wochenende irgend etwas gebaut."

Das kenne ich von früher, als mein Mann nur das tat, was er wollte und mich mit den Kindern allein ließ.

„Irmi pflegte den Kontakt zu den Jungs und erzählte mir, wo sie gerade unterwegs waren. Seit der Beerdigung habe ich die beiden nicht mehr gesehen. Sie rufen mich nur zum Geburtstag und zu Weihnachten an."

Fünf Jahre lang hat er seine Kinder nicht mehr gesehen, weil nur seine Frau den Kontakt pflegte. Ich bin fassungslos und weiß gleichzeitig, dass dies wohl normal ist, denn meist bestimmen die Frauen, wen sie wann anrufen, besuchen oder einladen.

„Und Sie?", frage ich.

Verständnislos schaut er mich an.

„Rufen Sie Ihre Söhne öfter an?"

Er schüttelt beschämt den Kopf. Auch ich schäme mich, denn ich habe kein Recht, ihn zu kritisieren, denn ich halte es nicht besser. Weder zu meinen Kindern noch zu meinen Schwestern pflege ich Kontakt. Ich erwarte, dass sie sich melden. Genausowie Herr Friedrich.

„Woran ist Ihre Frau gestorben? War sie krank?"

Herr Friedrich nickt.

„Vermutlich wusste sie schon länger, dass sie

krank ist. Nur ich habe nichts gemerkt. Heute würde ich vieles anders machen, aber heute lebt sie nicht mehr."

Im Gasthof bestellt Herr Friedrich die Eiskarte, halb trockenen Rotwein und einen Grünen. So nennt man den Lauterbacher Tropfen, ein dunkelgrüner erzgebirgischer Magenbitter.

„Zu jedem guten Essen gehört ein Grüner. Wir essen zwar nicht, aber wir stoßen auf unsere Begegnung an und wenn Sie wollen, dürfen Sie mich Ralf nennen."

Augenblicklich werde ich rot und flüstere: „Gern. Ich bin die Beate."

„So ein schöner Name!", ruft er aus und bestimmt: „Das verlangt einen Kuss!"

Ich werde noch röter und wäre am liebsten im Boden versunken. Aber der Boden öffnet sich nicht. Ich spüre seinen festen Arm um meine Schultern und dass er mich näher zieht. Unsere Gesichter sind sich so nahe, dass die Luft zwischen unserer Haut wie elektrisiert knistert. Normal haucht man nur kurz auf die linke Wange, doch Ralf küsst mich mitten auf den Mund! Das ist ungehörig und direkt unverschämt. Außerdem stachelt sein Bart. Furchtbar! Noch bevor ich mich wehren kann, ist es vorbei. Ich sitze wieder gerade, öffne meine Augen und lehne mich verlegen lächelnd zurück. Dabei schaffe ich es nicht, mein Glücksgefühl zu verbergen. Was bedeutet dieser Kuss? Nur, dass wir uns jetzt duzen? Oder mehr? Ich wage nicht, Ralf in die Augen zu schauen, sondern konzentriere mich auf das giftgrüne bittere Getränk in meinem Glas, das irgendwie nach Seife schmeckt.

„Willst du noch einen?", fragt er fröhlich.

Meint er den Kuss oder den grünen Likör?

„Um Himmels Willen! Nein!"

Wir bestellen Eisbecher mit Erdbeeren und Sahne. Eigentlich sind mir drei Kugeln zu viel, doch ich möchte noch ganz lange dicht neben Ralf sitzen, mit ihm reden und deshalb so langsam wie möglich meine große Portion Eis löffeln .

*****

Jeden Donnerstag Nachmittag treffe ich Irene. Abwechselnd sitzen wir bei mir oder oben bei ihr bei einer Tasse Kaffee und einem Stück Kuchen. Wir plaudern über unsere Kinder und das Wetter. Irene weiß viel zu erzählen von ihren Reisen, weil sie in der ganzen Welt unterwegs war. Mich interessiert das alles sehr, doch diesbezüglich kann ich keinen Beitrag leisten. Manchmal vertraut sie mir Dinge aus dem Leben ihrer Patienten an. Natürlich nennt sie keine Namen, wobei ich die Leute sowieso nicht kenne. Mich entsetzt immer wieder, mit welch schlimmen Probleme die Menschen fertig werden müssen.

Von meiner Scheidung abgesehen hatte ich keine ernsthaften Schwierigkeiten, nur kleine Kümmernisse wie andere Leute auch. Mein Leben verlief wunderbar gleichförmig. Ich fuhr jeden Morgen kurz nach fünf Uhr mit dem Bus zur Arbeit und tat immer die gleichen Handgriffe. Das Kochen für andere Leute ist eine wichtige Arbeit, die mir Freude machte, doch verglichen mit Irene habe ich im Leben wenig erreicht.

„Es kommt nicht darauf an, *was* man im Alter erreicht hat, sondern *wen.*"

Wen sollte ich erreichen und warum? Was will mir Irene damit sagen? Darüber nachzudenken bringt nichts. Gar nichts. Etwas verärgert schaue ich sie an und sehe, wie sie versucht, ihr Lachen zu verbergen.

„Warum lachst du? Machst du dich lustig über mich und meine Dummheit?"

Jetzt prustet sie laut los, was mich noch mehr ärgert und gleichzeitig verunsichert.

„Meinst du, ich habe nicht bemerkt, wie du Herrn Friedrich anschaust?"

Ich werde sofort rot, weil mir das so peinlich ist.

„Du bist in ihn verliebt!", sagt sie geradeheraus.

Solch einen absurden Gedanken hatte ich nie und würde ich niemals zulassen. In meinem Alter! Ich finde Ralf sympathisch und unterhalte mich gern mit ihm. Das ist alles.

Verstört betrachte ich meine Hände und weiß

nichts zu sagen. Am liebsten würde ich einfach aufstehen und gehen. Aber heute sitzen wir in meiner Küche, weshalb ich abwarten muss, dass Irene geht. Ich kann sie schlecht hinauswerfen.

Obwohl Irene merkt, dass mir dieses Thema überhaupt nicht gefällt, gibt sie keine Ruhe und spricht einfach weiter.

„Wie ich dich kenne, hast du ihm das noch nicht gesagt."

Das fehlte noch!

„Du hast es ihn nicht einmal spüren lassen."

Woher will sie das wissen? Außerdem ist es gar nicht so wie sie denkt. Ich würde gern hin und wieder mit ihm eine Runde spazieren gehen, einen Kaffee trinken oder sogar ein Glas Wein. Mehr nicht! Und verliebt bin ich schon gar nicht.

„Verliebt", zische ich verächtlich. „Ich bin doch kein Backfisch."

„Liebe hat nichts mit dem Alter zu tun, sondern mit der Fähigkeit, einen anderen Menschen vorbehaltlos zu mögen."

„Ich akzeptiere *alle* Menschen ohne jeden Vorbehalt. Jeder ist wie er ist, ob es mir passt oder nicht."

Das müsste sie eigentlich längst gemerkt haben. Schließlich ist sie Psychologin.

„Ralf ist nicht einmal mein Freund."

„Ah! Ralf heißt der begehrte Herr. Ein schöner Name mit einem positiven Klang."

„Namen sind wie Schall und Rauch und haben nichts zu bedeuten."

Gleichzeitig ärgere ich mich, dass Irene nun weiß, dass ich ihn beim Vornamen nenne.

„Das stimmt so nicht, meine Liebe."

Ich bin nicht ihre *Liebe*. Sie plappert über die Liebe, als wären wir junge dumme Gänse.

„Die Bedeutung der Namen ist hochinteressant. Ganz früher gab es nur die Vornamen. Erst, als es immer mehr Menschen gab, wurde ein Nachname nötig, um Verwechslungen zu vermeiden. Meist war das der Beruf wie zum Beispiel Müller oder Fischer oder Köhler."

Köhler haben früher Holzkohle hergestellt und wir haben in der Küche den Seelachs Köhler genannt.

„Und Wenzel?"

„Das ist eine Art Siegeskranz."

„Das weißt du alles aus dem Kopf?", wundere ich mich.

„Nicht alles, doch bei jedem neuen Patienten habe ich die Bedeutung seines Namens herausgesucht, um es vielleicht im Gespräch anzubringen, wenn es passt."

Wann und warum sollte es passen, über so etwas zu sprechen?

Trotzdem frage ich: „Was bedeutet Ralf Friedrich?"

Irene denkt nach.

„An die Bedeutung von Ralf kann ich mich nicht erinnern, weil der Name so selten ist, doch Friedrich bedeutet Friede und Sicherheit."

Bei Ralf fühle ich mich tatsächlich sicher. Doch das hat nichts mit seinem Namen zu tun, sondern mit seinem angenehmen Charakter. Er ist ein ruhiger und sympathischer Mann.

Irene lacht. „Ich habe mir das deshalb so gut gemerkt, weil Friedrich schon mit Fried wie Frieden beginnt." Wieder lacht sie. „Außerdem bedeutet auch Irene *die Friedliche* und stammt von der griechischen Friedensgöttin Eirene." Sie strahlt mich an, als hätte sie sich diesen Namen selbst gegeben. „Beate ist übrigens die Glückliche."

Die Glückliche? Wann war ich jemals glücklich? Zufrieden bin ich oft, doch glücklich?

„Das ist doch alles Unsinn", sage ich verstimmt und winke mit der Hand ab.

„Es wäre besser, die Namen nicht schon zur Geburt festzulegen, sondern erst später, wenn man weiß, wie sich das Kind entwickelt. Dann weiß man schon beim Namen, mit wem man es zu tun hat."

Wo soll das hinführen? Trotzdem werde ich gleich heute nachforschen, was Olaf und Karla bedeuten.

„Reden wir lieber von deinem friedlichen Ralf und der glücklichen Beate."

Wie sie das sagt: *dein* Ralf und *glückliche* Beate.

„Da gibt es nichts zu reden."

„Ich habe euch neulich Abend zusammen gesehen und ihr habt euch lange angeschaut, aber nicht geküsst."

„Geküsst?", rufe ich empört aus.

„Warum nicht? Wenn man sich mag, küsst man sich."

„Ich mag dich, aber ich küsse dich nicht."

Irene lacht schon wieder und ist mir direkt zu albern.

„Immerhin hat er dir auf die Wange gehaucht."

Gehaucht. Sie hat keine Ahnung, wie heiß solch ein Hauch auf der Wange brennt. Aber sie hat Recht. Ralf hat mich sehr lange angeschaut und als er sich zu mir beugte, glaubte ich wirklich, dass er mich küsst. Und zwar richtig auf den Mund und länger als im Gasthof. Doch er tat es nicht und ich war ein klein wenig enttäuscht. Hinterher habe ich mich für meine Gedanken geschämt, denn in unserem Alter küsst man sich nicht mehr. Man hakt sich unter und streicht mal über eine Schulter, man sorgt füreinander, aber man küsst nicht und geht schon gar nicht miteinander ins Bett. Auf gar keinen Fall! Seit mehr als dreißig Jahren habe ich keinen Sex gebraucht und jetzt erst recht nicht. Wozu sollte das gut sein? Ich mochte es nie und war auch nie eine Schmusekatze. Natürlich hätte ich hin und wieder gern Gesellschaft, aber keinen Dauergefährten in meiner Nähe.

Trotzdem wünsche ich mir fast jeden Abend beim Fernsehen Ralf an meine Seite. Ich überlege, welche Dokumentation er gerade anschaut und was er zu der Sendung sagt, die ich gerade sehe.

„Beate! Träumst du?", reißt mich Irene aus meinen Gedanken. „So, wie du guckst, träumst du von deinem Ralf."

„Er ist nicht *mein* Ralf."

„Aber er soll es werden, nicht wahr?"

*****

Es regnet. Ich mag keinen Regen, auch wenn er für die Pflanzen nützlich ist. Mich deprimiert jede Art von Regen: Niesel, Graupel, Sprüh- oder Sturzregen. Am schlimmsten zu ertragen ist der ewig anhaltende Landregen, der manchmal tagelang nicht aufhört. Noch unerträglicher ist der Regen bei Wind oder gar Sturm. Da möchte ich mich unter der Bettdecke verstecken und erst wieder hervorkriechen, wenn das unangenehme Wetter vorüber ist. Wenn ich es irgendwie vermeiden kann, gehe ich bei Regen nicht vor die Tür. Jetzt als Rentner ist das leicht. Ich kann sämtliche Besorgungen auf besseres Wetter verschieben. Trotzdem habe ich einen Schirm gekauft, vor Jahren schon. Er ist gelb wie die Sonne und hat himmelblaue Punkte, weshalb ich ihn niemals benutzen kann. Es wäre zu albern, mit diesem schreiend farbigen Teil unter die Leute zu gehen.

Der Juli ist für mich besonders unangenehm, weil er nicht nur der heißeste, sondern der regenreichste Monat des Jahres ist.

August

Schon im Juli stiegen die Temperaturen bis an die 30-Grad-Marke. Jetzt im August ist es noch heißer und für mich kaum zu ertragen. Der Mann im Wetterbericht sagte, dass die Wohlfühltemperatur beim Menschen 27 bis 31 Grad beträgt. Doch für mich ist alles über 23 Grad unangenehm heiß. Da wird schon die kleinste Bewegung zur Anstrengung und selbst beim Nichtstun läuft mir der Schweiß, was ich ganz grauenhaft finde. Der Wettermann empfiehlt, viel zu trinken, aber dann schwitze ich noch mehr. Ich sorge am Morgen und späten Abend für Durchzug und ziehe danach alle Vorhänge zu, sitze also den ganzen Tag im Dunkeln. Raus vor die Tür gehe ich vor dem Frühstück und weit nach dem Abendessen. Tagsüber trage ich nur eine dünne Schürze über der Unterwäsche. Anders halte ich die hohen Temperaturen nicht aus.

Die Sonne geht im August früher unter als im Juli, weshalb ich bereits 19:30 Uhr zu meiner Abendrunde aufbreche. Auf dem Hof steht ein riesiger Wohnwagen, den meine Nachbarn Gislinde und Uwe beladen. Sie schleppen eine Kiste nach der anderen zum Wagen und verstauen den Inhalt im Inneren. Ich bin erstaunt, wie viel in solch ein Fahr-

zeug hineinpasst und freue mich, dass ich hineinschauen darf. Gleich vorn neben dem Einstieg befindet sich ein halbhoher Schrank mit Spülbecken
und zwei Gaskochstellen. Den hinteren Teil füllt
eine Eckbank aus, davor steht ein Tisch. In Kopf-
höhe hängen Wandschränke, in die Gislinde die
vielen Sachen einräumt.

„Ist es in solch einem Wohnwagen nicht viel zu
eng?", frage ich besorgt.

Zu zweit mag das für einige Tage gehen, wenn
man sehr jung und anspruchslos ist. Aber Gislinde
und ihr Mann sind nicht viel jünger als ich. In dem
Alter mag man es eher bequem.

„Aber nein! Außerdem ist das ein Wohn*mobil,* denn
es hat einen Motor, kann also allein fahren, während ein Wohn*wagen* an ein Fahrzeug angehan-
gen und gezogen werden muss."

„Oh!", rufe ich beeindruckt aus.

Das klingt logisch, obwohl ich es immer umgekehrt
glaubte.

„Das Mobil ist Luxusklasse", erklärt Gislinde stolz.
„Der Tisch lässt sich absenken und bietet zusammen mit der Bank ein wunderbar breites und be-
quemes Bett, die Decken finden Platz unter der
Bank und alles andere, was wir brauchen, verstaue
ich in den Klappschränken."

Dabei zeigt sie auf die Wandschränke und die vielen Kartons, die sie wohl noch auspacken will. In
einer der Kisten sehe ich Konserven: Fisch, Mar-

melade und Eintöpfe und Tütensuppen. Sicher war das Wohnmobil so teuer, dass sie sich kein Essen im Gasthof mehr leisten können. Doch ich würde lieber Nudeln mitnehmen und unterwegs frisches Gemüse kaufen. Das ist nicht teuer und schmeckt mir besser als das Zeug aus der Büchse.

Jetzt stopft Gislinde Handtücher und das Bettzeug unter die Bank. Daran hatte ich gar nicht gedacht, dass man für solch einen Urlaub den halben Hausstand mitschleppen muss.

„Niemals würde ich in einem Bett schlafen können, worin sich Fremde herumgewälzt haben", erklärt sie und verzieht ihren Mund, als ob sie schon der Gedanke daran ekelt. „Ich benutze ausschließlich meine eigene Bettwäsche, meine Handtücher und mein Geschirr."

Würde sie ihre eigene Tasse mitbringen, wenn ich sie zum Kaffee einlade? Es gibt schon recht empfindliche Menschen, aber jeder ist eben so wie er ist. Bei uns in der Großküche gab es auch eine Reihe strenger Hygienevorschriften, doch bei mir daheim sehe ich das nicht so eng. Da muss nicht jedes Messer und jedes Glas sofort gespült und wieder in den Schrank geräumt werden. Aber hier ist so wenig Platz, dass man alles sofort wieder verstauen muss.

Das passt zu Gislinde, denn sie ist sehr ordentlich. Ihr Auto glänzt immer wie frisch aus der Waschanlage. Neben ihrem Auto fällt das von Erwin auf, das meist staubig und voller Dreckspritzer ist, weshalb ihn Gislinde als Schmutzfink beschimpft. Aber Erwin hält den Regen für die beste, preiswerteste und obendrein umweltfreundlichste Waschanlage.

„Innen hilft dir kein Regen. Da musst du wohl oder übel den Staubsauger zur Hand nehmen und auch die Scheiben und Polster regelmäßig gründlich abwaschen."

„Liebe Frau Latour! Ein Fahrzeug muss fahren und nicht glänzen wie ein Pokal. Ich putze meine Nase und manchmal meine Schuhe", antwortet Erwin.

Beim Wort Schuhe schaut Gislinde verächtlich auf Erwins Füße, die den ganzen Sommer über barfuß in Pantoffeln stecken. Ich kann mir denken, was sie denkt, denn Gislinde hat für jeden Weg und jede Tätigkeit andere Schuhe. Schuhe zum Fahren und Schuhe, mit denen sie vom Auto über den Hof zur Haustür geht. In der Wohnung trägt sie wieder andere Schuhe. Mir wäre das viel zu umständlich.

„Niemals würde ich ein gebrauchtes Auto kaufen. Unser Wohnmobil ist natürlich fabrikneu, niemand hat zuvor das Bett, die Sitze oder gar das WC benutzt."

„Verstehe", murmle ich, obwohl ich überhaupt nicht verstehe.

Irene hat mir von Patienten erzählt, die sich sofort die Hände waschen, nachdem sie etwas angefasst haben. Manche können nicht einmal die Hand zum Gruß reichen. Das sind psychische Störungen, von denen es eine ganze Menge gibt. Gislinde hat wohl einen Sauberkeitstick, aber das ist nicht schlimm.

Mir wäre es jedenfalls viel zu umständlich, den halben Hausstand mit in den Urlaub zu schleppen. Ich hätte keine Lust, im Urlaub zu kochen und hinterher die Küche zu putzen. Das mache ich tagein, tagaus und fände es wunderbar, mich an den gedeckten Tisch zu setzen und verwöhnen zu lassen. So wie am Anfang meiner Ehe.

*****

Trotzdem war damals der Urlaub mit meinem Mann keine Erholung, weil Thomas von früh bis spät von einer Sehenswürdigkeit zur nächsten jagte. Museen und Ruinen interessieren mich ohnehin nicht. Erst, als wir mit den Kindern unterwegs waren, wurde es besser, weil ich einfach mit ihnen am Strand blieb, wo sie planschen und spielen konnten, während mein Mann allein Kirchen und Denkmäler besichtigte. Er wollte in jedem Jahr woanders hin, obwohl das zu DDR-Zeiten kaum möglich war.

Ich kann mir vorstellen, dass er seit der Wende nicht nur ganz Europa bereist, sondern die ganze Welt nach Ruinen, Baudenkmälern und sonstigen Sehenswürdigkeiten abgrast.

Mir dagegen reicht ein Badesee in der Nähe. Ich mag nicht reisen und habe auch kein Geld dafür.

Man zahlt für eine Nacht in einem fremden Bett, während das eigene daheim leer steht. Außerdem macht eine Reise allein keine Freude. Man hat niemanden zur Reden, aber ich brauche ein direktes Gegenüber.

Vor drei Jahren verreiste ich mit einer ehemaligen Kollegin, doch das hat nicht funktioniert. Sie wollte jeden Tag Ausflüge machen, wozu ich überhaupt keine Lust hatte. Mir genügte es, den Tag am Hotelstrand zu verbringen. Am Abend wollte ich zeitig ins Bett, aber sie in eine Bar. Das war nichts für mich. Wir hätten vor der Reise über unsere Vorlieben sprechen müssen, doch jede glaubte, dass sich die andere den Urlaub ebenso vorstellt wie sie selbst. Zum Glück hatten wir Vollpension gebucht, so dass es wenigstens wegen der Mahlzeiten keine Unstimmigkeiten gab. Das Frühstück nahm ich meist allein ein, weil sie gern länger schlief. Sie kam erst zum Mittagessen dazu, das für meine Begriffe recht sparsam ausfiel, denn für mich ist mittags die Hauptmahlzeit. Dagegen war das Abendessen übertrieben üppig, ein überladenes Büfett mit verschiedenem Fleisch und Fisch, diversen Beilagen, Suppe, Käse, Obst und Eis. Außerdem ein Glas Wein. Ich habe mir immer nur ganz wenig auf den Teller getan, wofür mich meine Kollegin auslachte, weil wir schließlich viel Geld für die Vollpension bezahlt hatten. Aber ich kann so vollgestopft nicht schlafen. Meine Kollegin meinte, ich solle nicht schlafen, sondern die Nacht zum Tag machen, dann könne ich am Abend auch mehr essen. Das mag stimmen, doch für teure Mixgetränke in einer Bar war mir mein Geld zu schade. Meine Kollegin verdiente nicht mehr als ich, doch ihr Mann war zwei Jahre zuvor gestorben und hinterließ ihr ein gut gefülltes Sparkonto und eine angenehm hohe Witwenrente.

Ich war sehr früh Alleinverdiener, denn mein Mann trennte sich von mir, als die Kinder noch klein waren. Als Koch verdient man nicht allzu viel, doch zum Glück arbeitete ich in keinem Gasthof, sondern in einer Großküche, so dass ich regelmäßige Arbeitszeiten und am Wochenende frei hatte. Ich hätte gern mehr Geld zur Verfügung gehabt, um den Kindern ihre Wünsche erfüllen zu können. Macht Geld glücklich? Ich weiß es nicht, weil ich nie welches hatte, jedenfalls nie so viel, dass am Monatsende etwas übrig blieb.

*****

Es klingelt. Jenny steht vor der Tür mit beiden Kindern. Der Große fällt mir jubelnd um den Hals, die Kleine geht mit gesenktem Kopf an mir vorbei und versteckt ihre Hände auf dem Rücken.

„Hugo!", ruft Jenny streng. „Du weißt, was ich dir erklärt habe."

Sie ermahnt den Jungen, obwohl er mich begrüßt und verliert kein Wort über Ella, die wortlos an mir vorbei ging. Hugo fängt an zu weinen. Ich kauere mich vor ihn und schließe ihn fest in meine Arme.

„Lass das bitte!", weist mich Jenny zurecht.

Hugo schluchzt: „Ihich hab aber die Omi liehieb."

„Wenn du die Omi lieb hast, musst du dich an die Regeln halten! Das haben wir alles ausführlich besprochen."

„Was habt ihr denn besprochen?"

Ich muss das wissen, weil ich nichts falsch machen will. Jenny achtet sehr darauf, dass ich alles ganz genauso mache, wie sie es für richtig hält. Sie würde sonst sofort den Kindern den Umgang mit mir verbieten. Jetzt habe ich sie so lange nicht gesehen, dass ich kein Risiko eingehen will.

„Keine Liebkosungen, möglichst Abstand und so oft wie möglich Hände waschen."

Ich verstehe gar nichts, nicke aber schnell, um Jenny nicht zu verärgern.

„Wir machen es uns schön", tröste ich den Jungen, „und gehen gleich nach dem Essen auf den Spielplatz."

Hugo weint noch lauter und Jenny sagt: „Der Spielplatz ist tabu!"

„Warum das?"

„Warum?", fragt nun auch Ella.

„Warum, warum, ständig fragst du warum", tadelt Jenny und schaut genervt an die Decke.

„Ich habe keine Zeit für lange Diskussionen. Mach einfach, was ich dir sage und gut ist."

Jenny stürzt an mir vorbei und öffnet die Balkontür. Riecht es hier drinnen unangenehm? Ich halte wegen der Hitze sämtliche Fenster und Vorhänge geschlossen.

„Geht raus und macht nichts kaputt!", befiehlt sie. „Ich muss kurz mit der Oma reden." Sie beugt sich aus der Tür und ruft: „Seid brav! Tschüss! Bis morgen."

Bis morgen? Die Kinder dürfen also den ganzen Tag und auch die Nacht bei mir bleiben. Das freut mich über alle Maßen, denn ich habe sie schon Monate nicht mehr gesehen.

„Pass auf!"

Mahnend hält Jenny ihren Zeigefinger in die Höhe. Ich passe auf und komme mir vor wie ein kleines Kind, das eine Strafpredigt erwartet.

„Du weißt, dass am 20. September die Oberbürgermeisterwahl stattfindet. Wir haben alle Hände voll zu tun, was heute bis in den späten Abend andauert. Aber die Kita hat Schließzeit."

„Schließzeit?"

Also ist es wahr, was mir Irene im Frühjahr erzählte, dass die Kindergärten und vielleicht sogar die Schulen geschlossen wurden.

„Sommerferien."

„Ach so", sage ich erleichtert. „Ich dachte schon, dass sie wegen dieser neuen Seuche geschlossen ist."

An Jennys Miene sehe ich sofort, dass ich das falsche Wort benutzt habe. Das passiert mir oft.

„Seuche." Jenny schüttelt missbilligend den Kopf. „Das Virus heißt Covid-19, die Krankheit Corona und sollte dir eigentlich bekannt sein."

Sollte es das?

„Ich bin aber gesund."

„Zum Glück! Ich habe einen systemrelevanten Beruf ..."

„Was ist das?", unterbreche ich sie.

„Ich arbeite im Bürgeramt und wie gesagt sind bald Wahlen. Deshalb durften die Kinder die ganze Zeit trotz Corona in die Kita."

Ich verstehe gar nichts. Kinder werden jeden Tag im Kindergarten betreut. Was hat das mit dem Beruf zu tun?

Jenny seufzt genervt.

„Weil meine Arbeit wichtig ist, durften die Kinder in die Notbetreuung."

Eine Notbetreuung ist erlaubt, wenn die Eltern einen wichtigen Beruf haben wie Jenny. Sie ist Sekretärin im Bürgeramt. Wäre Koch wichtig? Oder Busfahrer?

„Homeoffice ist bei mir nicht möglich. Ab morgen haben wir eine andere Lösung gefunden."

Olaf sagte, dass Jenny mit den Kindern zu ihren Eltern zurückgegangen ist.

„Bei deinen Eltern?"

Jenny zischt durch die Zähne.

„Meine Eltern waren so unklug und sind sofort, als es wieder möglich war, nach Bulgarien geflogen. Seit gestern sind sie zurück, aber positiv getestet und jetzt für vierzehn Tage in Quarantäne."

„Was heißt das?"

„Sie müssen eigentlich in ihrem Schlafzimmer bleiben, doch Mutter hält sich nicht daran. Sie rennt durchs ganze Haus wie immer, kocht und putzt und bringt alles durcheinander." Jenny fährt sich nervös durch die Haare. „Sie steckt mir noch die Kinder an."

Da hatte ich wohl etwas falsch verstanden, denn vorhin klang es so, als ob die Kinder die Alten anstecken.

„Und Olaf?", kann ich mir nicht verkneifen.

„Den lässt du aus dem Spiel!", schreit sie fast.

Wieder habe ich ihren drohenden Zeigefinger vor der Nase.

„Aber ..."

„Kein Aber! Hast du mich verstanden?"

Akustisch habe ich sie sehr wohl verstanden, doch ich verstehe nicht, weshalb Olaf seine Kinder nicht betreuen soll. Er ist Erzieher und könnte sie sicher in seinem Kindergarten unterbringen.

Jenny stellt eine Tasche ab, in der sich vermutlich Nacht- und Wechselwäsche und Spielsachen für die Kinder befinden.

Am Ausgang dreht sie sich noch einmal um und

sagt wieder mit erhobenem Finger: „Ich verlasse mich auf dich!"

Ich schaue im Schrank nach, ob ich etwas zu naschen finde. Gummibärchen, Bonbons und Milchschnitte habe ich nicht, aber Kekse. Ich packe für jeden drei Stück auf einen Teller und trage ihn auf den Balkon.

Ella überblickt die Lage sofort, greift ihre Portion und schaut bittend Hugo an.

„Du darfst meine Kekse haben. Ich will nur einen probieren."

In Ordnung finde ich das nicht, sondern ziemlich raffiniert, denn die Kleine hat die Kekse nicht einfach weggenommen und auch nicht gebettelt.

Hugo kuschelt sich an mich.

„Das darfst du nicht!", schreit Ella.

„Warum ist das so schlimm?", frage ich. „Könnt ihr mir das erklären? Ich weiß das alles nicht und will nichts falsch machen."

„Alles Scheiße, Scheiße, Scheiße!", schreit Hugo und wirft sich auf den Boden.

„Das sagt man nicht!", meldet sich wieder Ella.

„Ist doch wahr!", verteidigt sich Hugo. „Wir dürfen nicht mehr auf den Spielplatz, die Schaukel und das Klettergerüst sind abgesperrt."

„Der Sandkasten auch."

„Die Mama sagt, dass man Fieber bekommt und schlimm husten muss und alle anderen Kinder auch, die sich treffen. Die Kita hat zu und ich darf nicht zu meinem Freund."

„Ich auch nicht", ergänzt Ella.

Wenn die Krankheit so schlimm ist, muss das wohl sein und ich werde mich daran halten.

„Jetzt kochen wir Nudeln!", verkünde ich. „Dann gehen wir im Wald spazieren."

„Au ja!", jubeln beide gleichzeitig.

Ich habe kurze Nudeln im Schrank, eine Büchse Tomatenstücke für die Soße und Möhren als Gemüsebeilage. Hugo darf die Möhren schaben, Ella die Nudelpackung aufschneiden. Dann decken wir gemeinsam den Tisch in der Stube, weil der in der Küche zu klein für drei Personen ist. Der niedrige Couchtisch ist zwar unbequem, aber die Kinder dürfen sich Kissen auf den Boden legen, während ich auf dem Sofa sitze. Ich freue mich, die beiden in meiner Nähe zu haben, aber mir tut es in der Seele weh, Olaf nicht anrufen zu dürfen. Er ist ihr Vater und hat ein Recht darauf, seine Kinder zu sehen. Ich glaube nicht, dass nur Jenny den Aufenthalt der Kinder bestimmen darf. Doch ich wage nicht, mich über ihren Wunsch hinwegzusetzen, obwohl ich das Gefühl habe, meinen eigenen Sohn zu verraten. Außerdem würden es die Kinder ihrer Mutter erzählen und sie in Schwierigkeiten bringen.

Bis zum Zeisigwald sind es nur wenige Minuten zu

Fuß. Ich schlage den Weg zum Steinbruch ein, wo die Kinder ihre Füße ins Wasser halten können. Das wird ihnen Spaß machen und wir müssen nicht am Spielplatz vorbei, wo sie ohnehin nicht klettern dürfen. Im Wald gibt es genug umgefallene Bäume und steile Hänge, die sie erklimmen können. Ich mag es, wenn der Wald Wald bleiben darf und nicht so aufgeräumt wird wie ein Park. Die Kinder sausen die schmalen Wege entlang und freuen sich, wenn sie nach einer der vielen Kurven nicht mehr von mir gesehen werden.

Nach dem Abendessen zerteile ich einen Apfel in schmale Spalten und achte darauf, dass sie möglichst gleichgroß sind.

„Ich will keinen Apfel! Ich will eine Banane!", schreit Ella.

„Bananen habe ich keine."

„Warum?"

„Weil sie nicht hier in Sachsen wachsen."

„Sachsen wachsen, wachsen Sachsen", singt Hugo und hüpft dabei auf einem Bein.

„Warum?", fragt Ella.

„Den Bananen ist es hier nicht warm genug. Hier wachsen Äpfel, Birnen und Kirschen."

„Ich will keine Kirschen! Ich will eine Banane!"

„Tja, dann hast du Pech gehabt und Hugo und ich essen deine Apfelstücke mit."

„Nein! Die sind meine!"

Ich seufze, denn das Trotzalter müsste längst vorbei sein.

„Dann iss sie auf!", fordere ich streng.

Erschrocken steckt sich Ella beide Stücke in den Mund und verzieht das Gesicht. Schnell schaue ich weg, weil ich weder lachen noch ihr Theater mitansehen will. Das war keine gute Idee, denn so bemerke ich nicht, dass Ella den Apfel auf den Boden spuckt. Hugo verzieht den Mund, als ob er sich das Lachen verkneift, während mich Ella herausfordernd mustert, die Hände in den Hüften und den Fuß neben den ausgespuckten Apfelstücken.

„Du räumst jetzt die Ferkelei in den Abfall!", befehle ich.

„Nein! Das sage ich der Mama!"

„Ja, das sagen wir der Mama, dass du Essen auf den Boden spuckst."

Hugo bückt sich und sammelt die Obstreste auf. Er ist ein lieber Junge, doch er sollte sich nicht den Launen seiner kleinen Schwester fügen.

Genauso lief es damals bei meinen Kindern ab: Karla war stur und bockig, Olaf ständig bemüht, sie zufrieden zu stellen. Karla ließ allein aus Trotz etwas auf dem Teller, was mich jedes Mal ärgerte, während Olaf alles aufaß, obwohl er mäkelig war und ihm nichts wirklich schmeckte außer Kartoffeln mit Soße. Brot aß er mit Messer und Gabel in winzigen Häppchen, als ekelte er sich, es anzufassen. Karla dagegen stopfte sich gleich eine halbe

Schnitte mit allen zehn Fingern in den Mund und kaute laut schnorgelnd. Offenbar wiederholt sich alles.

Ich hole einen Lappen und putze den Fleck vom Boden. Dann setze ich mich zu den Kindern aufs Sofa und erzähle.

„Als ich so klein war wie ihr, gab es kein Obst zu kaufen."

„Warum?", fragt Ella.

„Das weiß ich nicht."

Damit gibt sich die Kleine zufrieden. Mir ist klar, dass ich ihr nichts von der DDR und der Mangelwirtschaft erzählen kann. Das versteht sie nicht.

„Manchmal brachte mein Vater einen Apfel mit, den ihm ein Freund geschenkt hatte."

„Warum hat der Freund einen Apfel geschenkt?"

„Der hatte einen Garten mit einem Baum, auf dem die Äpfel wachsen. Und wir Kinder haben uns sehr über den Apfel gefreut."

„Hatte nicht jeder ein Stück für sich allein?"

„Nein. Der eine Apfel musste für uns alle reichen. Mein Vater hat ihn in gleiche Teile geschnitten, so wie ich es vorhin machte."

„Noch eine Geschichte!", bittet Ella.

Vermutlich glaubt das Mädchen, ich erzähle ein Märchen.

„Eine Banane kannte ich als Kind nicht, die gab es nicht zu kaufen."

Es gab noch mehr nicht zu kaufen, doch davon muss ich den Kindern nichts erzählen.

Ich überlege, wo die Kinder schlafen sollen. Ich habe nur ein schmales Bett und ein Sofa. Sicher würde es ihnen Spaß machen, auf dem Boden zu liegen, doch wenn sie es daheim erzählen, bekomme ich Ärger mit Jenny. Vielleicht auch, wenn ich beide zusammen in mein Bett stecke, den einen ans Kopf- und den anderen ans Fußende.

„Hast du keine Luftmatratze?", erkundigt sich Hugo.

„Leider nicht. Aber ganz oben im Dachgeschoss wohnen zwei Jungs. Vielleicht haben die eine."

„Darf ich mitkommen?"

„Nein. Du passt auf deine kleine Schwester auf."

„Ich bin gar nicht klein! Du bist klein!", protestiert Ella.

Aber darauf reagiere ich nicht, sondern schließe schnell die Tür. Natürlich wäre es für Hugo lustig, mit Liam und Leon zu spielen, doch Jenny hat jeden Kontakt verboten.

Während ich die Treppe hinaufsteige, überlege ich, wie der Vater der Zwillinge heißt. Den Nachnamen habe ich mir schnell eingeprägt, weil fast täglich Pakete für ihn abgegeben wurden. Doch das ist lange her, denn seit Monaten kommen keine Lieferungen mehr und der junge Mann arbeitet daheim, weil er keine Ärzte mehr besucht, nur zweimal pro

176

Woche Apotheken. Die Kisten mit Prospekten waren immer besonders schwer, doch auch davon werden keine mehr gebraucht. Dabei heißt es, dass zur Zeit besonders viele Menschen erkranken und Medikamente brauchen.

Den Mann, der mir die Tür öffnet, erkenne ich erst auf den dritten Blick, weil er maskiert ist. Nach wie vor erschrecke ich mich, wenn ich Leute sehe, die ihr Gesicht verhüllen.

„Ich wollte nur fragen … Habt ihr Luftmatratzen? Eine? Meine Enkel bleiben über Nacht. Ich wusste nicht … "

„Gleich."

Er schließt die Tür und geht zurück in die Wohnung. Habe ich das Wort *gleich* missverstanden? Vielleicht hat er nein gesagt? Hinter der Maske klingen viele Worte ähnlich. Wenn er eine Matratze hätte, hätte er *Moment* gesagt. Also steige ich die Treppen wieder hinunter. Im Haus fällt mir sonst niemand ein, der solch ein Notbett haben könnte. Wenn ich gewusst hätte, dass meine Enkel bei mir schlafen dürfen, hätte ich eine Gästeliege besorgt. Vielleicht sollte ich mir eine zulegen, falls sie noch einmal bei mir über Nacht bleiben dürfen. Und ich hatte schon Angst, sie niemals wiederzusehen.

Aber nun sind sie bei mir und dürfen noch viele Stunden bleiben. Glücklich umarme ich die Beiden. Hugo schmiegt sich an mich, während sich Ella heftig kreischend aus meinen Armen windet.

„Das ist verboten!"

„Ich weiß", gestehe ich. „Doch ich freue mich so sehr über euch, dass ich es einen klitzekleinen Moment vergessen habe."

„Das sage ich alles der Mama!"

Ella stampft mit ihrem Fuß auf und verschränkt empört die Arme.

In diesem Moment klingelt es. Ich öffne, aber es steht niemand vor der Tür. Doch an der Wand lehnt eine aufgeblasene Luftmatratze.

„Danke!", rufe ich hinauf ins Treppenhaus.

Warum hat er nicht gewartet und ein paar Worte mit mir gewechselt? Nun, vielleicht hatte es der Nachbar eilig. Auf jeden Fall finde ich es sehr nett, dass er die Matratze bereits aufgeblasen hat. Ich hätte nicht gewusst, wie ich so viel Luft hineinbekomme.

„Ich will auf dem Luftbett schlafen!", schreit Ella.

Doch sie bleibt nicht lange darauf liegen.

„Das ist doof! Ich will im Bett schlafen!"

Dort liegt Hugo, der sofort bereitwillig tauscht. Das Sofa ist für mich zu schmal und vor allem zu kurz, weshalb ich keine bequeme Stellung und somit keine Ruhe finde. Als ich Hugo weinen höre, kauere ich mich zu ihm auf den Boden, schließe ihn in meine Arme und singe ihm leise ein Schlaflied ins Ohr.

Später erklärt mir Irene, dass manche Kinder mit

Ängsten, Schlafstörungen oder Albträumen auf die Corona-Maßnahmen reagieren. Andere hingegen sind eher auffallend unauffällig. Sie ziehen sich trotz der Isolation und der Enge zu Hause noch mehr zurück. Manche bekommen Bauch- oder Kopfschmerzen oder werden aggressiv und reizbar. Kuscheln und Umarmungen können trösten und beruhigen.

„Aber genau das erlaubt Jenny nicht!"

„Ja, das ist das Fatale, dass körperliche Nähe gerade jetzt gefährlich ist."

Gefährlich?, denke ich erschrocken und hoffe, Hugo keinen Schaden zugefügt zu haben.

Als wir am Frühstückstisch sitzen, klingelt es.

„Die Mama!", jubelt Ella.

Beide Kinder stürzen zur Tür und ich höre im gleichen Moment einen Schrei, der mir durch Mark und Bein geht. So rasch ich kann, eile ich zur Tür. Dabei habe ich das Gefühl, nur in Zeitlupe die wenigen Schritte vorwärts zu kommen. Das Bild, das sich mir zeigt, erschüttert mich zutiefst. In der Tür steht fassungslos Olaf und hält beide Kinder in seinen Armen. Sie klammern sich an ihn, als wollten sie in ihn hineinkriechen oder an ihm festwachsen. Hugo schüttelt ein trockenes Schluchzen und Ella hat vergessen, dass Berührungen verboten sind.

„Lass sofort die Kinder los!"

Jenny! Sie zerrt beide nach unten.

„Packt eure Sachen!" Wütend schaut sie mich an. „Das hätte ich mir denken können, dass du mich hintergehst."

Olaf steht mit offenem Mund und ausgebreiteten Armen noch immer in der Tür, halb drinnen und halb draußen.

„Ich habe Olaf nicht informiert. Er hat soeben erst geklingelt."

„Kein Wort glaube ich dir! Am besten, du sagst gar nichts mehr!"

Sie glaubt mir nicht und will auch nichts hören. Wenn ich Olaf die Freude mit seinen Kindern ermöglicht hätte, hätte ich ihn gestern angerufen und nicht erst heute Morgen.

Jenny schiebt die Kinder aus der Tür. Ella huscht mit gesenktem Kopf an ihrem Vater vorbei, doch Hugo krallt sich an seiner Hose fest und schaut ihn bittend an. Doch Olaf steht wie gelähmt und stumm wie ein Fisch an die Wand gelehnt. Hat er nichts zu sagen? Ich möchte ihn schütteln und anschreien. Warum lässt er so mit sich umspringen? Ich verstehe das nicht.

Jenny packt den Jungen im Genick und schiebt ihn aus der Tür. Dann dreht sie sich zu mir um und zischt: „Du wirst deine Enkel nie mehr wiedersehen!"

Mir tun die Kinder so leid, dass ich mir ans Herz fassen muss. Es sticht, als wäre eine dicke Nadel eingewachsen.

„Ich koche uns einen Kaffee", sage ich zu Olaf und kann nicht verhindern, dass meine Stimme gepresst und wütend klingt.

Von Irene weiß ich, dass eine Mutter kein Recht hat, dem Vater den Umgang mit seinen Kindern zu verbieten. Das kann Folgen haben und ihr das Sorgerecht zum Teil entzogen werden. Olaf hat sich nichts zuschulden kommen lassen und geht einer regelmäßigen Arbeit nach, sogar als gelernter Erzieher. Deshalb sollte er wissen, dass für ein Besuchsverbot ein Richterbeschluss nötig ist. Vielleicht weiß er das auch, vielleicht ist er nur zu feige oder zu schwach, sein Recht einzufordern.

Wenn er mich fragt, werde ich ihm deutlich meine Meinung sagen; wenn nicht, halte ich mich zurück. Er ist erwachsen und es geht um *seine* Kinder. Er sollte wissen, was zu tun ist und es auch tun.

„Ich habe eine neue Freundin", erzählt er und sein Gesicht hellt sich auf. „Sie heißt Tanja."

Das klingt russisch, obwohl man heutzutage vom Namen nicht auf die Herkunft schließen kann. Es gibt so viele Saschas und Tamaras oder französische und englische Vornamen, bei denen kein Mensch weiß, wie man sie schreibt und woher sie kommen.

„Im nächsten Monat zieht sie mit ihren zwei Kindern zu mir."

„So schnell? Du bist noch nicht einmal geschieden!

Vielleicht renkt sich mit Jenny alles wieder ein."

„Du hast sie gerade erlebt. Sie will nicht, dass ich meine Kinder sehe und zu dir dürfen sie auch nicht mehr."

Das stimmt. Jenny hat mir Hugo und Ella nur gebracht, weil sie nicht wusste, wo sie sie sonst lassen sollte. Sie hat mich gebraucht und wird vielleicht wiederkommen, wenn sie mich braucht. Jenny ist eine praktische Frau, die dafür sorgt, dass alles so verläuft, wie sie es für richtig hält.

Auch Tanja denkt praktisch, denn Olaf hat eine große Wohnung mit zwei Kinderzimmern. Da kann sich die Neue mit ihrem Nachwuchs gleich ins gemachte Nest setzen. Und wenn ihn seine eigenen Kinder besuchen wollen, ist für sie kein Platz. Das finde ich gar nicht gut. Nun, es ist allein seine Sache.

Eigentlich sollte ich jetzt nachfragen, wie alt die Kinder sind, wie sie heißen, was Tanja beruflich macht, ob er Fotos dabei hat. Aber ich kann mich nicht dazu überwinden. Mir wäre es sogar recht, wenn er jetzt geht.

Ich muss das Chaos, das Hugo und Ella in meinem Kopf hinterlassen haben, in Ordnung bringen. Sie standen plötzlich vor mir, nachdem ich sie monatelang nicht gesehen habe, und genauso plötzlich waren sie wieder verschwunden. Wie soll ich das verkraften? Und ausgerechnet dann kommt Olaf dazu. Die Kinder freuten sich, Jenny ärgerte sich, alle schrien durcheinander. Und zu guter Letzt erzählt Olaf von einer neuen Frau mit neuen Kindern. Mir ist das alles zu viel. Viel zu viel.

September

Dieser Spätsommer ist ungewöhnlich heiß bei etwa 30 Grad am Nachmittag, was mich schon am Morgen erschöpft. Auch für heute zum Herbstanfang soll es über 30 Grad heiß werden.
Die Tag- und Nachtgleiche empfindet man im September anders als zum Frühlingsanfang im März. Im Frühling werden die Tage länger, im Herbst kürzer, im Frühling wird es wärmer, im Herbst kälter. Deshalb ist man im Frühling in einer Art Aufbruchstimmung und fühlt ihn freundlicher als den Herbst. Bei mir ist es genau umgekehrt, denn der Herbst ist meine liebste Jahreszeit. Ich mag seine kräftigen Farben und das besondere warme Licht. Zu keiner anderen Jahreszeit wird die Natur in ein so schönes goldenes Licht getaucht wie im Herbst. Die Luft ist klarer und nicht mehr so heiß und dunstig wie im Sommer. Am meisten freut mich, wenn sich die Blätter der Bäume bunt färben und das Laub unter meinen Füßen raschelt.
Ich liebe haushohe Bäume, denn sie vermitteln mir ein Gefühl von Sicherheit und Beständigkeit. Das gefällt mir. Im Fernsehen gab es einen Bericht über

einen Förster, der behauptet, Bäume haben eine Seele, Gefühle und sogar Verstand, was ich nicht so recht glauben kann.

Irene kennt viele gute Eigenschaften des Baumes, die man auf den Menschen überträgt wie baumstark, baumlang oder fest verwurzelt. Außerdem hat jeder Mensch einen Stammbaum. Doch dass sich Mensch und Baum ähneln und man so oft wie möglich einen Baum umarmen soll, halte ich für Unsinn. Der Mensch umarmt, was er liebt. Aber doch keinen Baum! Irene behauptet, man würde nicht nur seine Gerüche und Geräusche spüren, sondern seine gesamte Lebensenergie aufnehmen, sich stark und glücklich fühlen. Einmal habe ich es versucht, als kein Mensch in der Nähe war, doch mir hat es nichts gegeben, die harte Rinde zu umfassen. Es war mir unangenehm.

Mir sind alle Bäume gleich lieb, doch besonders hübsch finde ich den Ahorn. Manche haben große Blätter, die der Kastanie ähneln, andere sind fein wie Grashalme. Manche treiben dunkelrot aus, bevor sie grün und im Herbst gelb werden, andere färben sich an den Spitzen orange, bevor sie dunkelrot leuchten. Als Kind mochte ich seine Früchte gern, die ich mir auf die Nase zwickte. Meine Oma sagte immer: „Wer einen Ahornbaum in seinem Garten hat, ist sicher vor Hexen und anderen bösen Geistern." Deshalb ließ sie Pflöcke aus Ahornholz in die Türrahmen einschlagen. Von klein auf halte ich Ausschau nach Ahornbäumen und fühle mich in deren Nähe besonders wohl.

Heute spaziere ich lange durch den Wald, sammle Ahornblätter und finde zufällig einige schöne feste Steinpilze. Den Rückweg wähle ich über das Feld und erfreue mich an der weiten Sicht hinüber zum Schloss, das zwischen dem bunt gefärbten Wald weiß hervorsticht.

Plötzlich kommt starker Wind auf und ich höre die Wipfel der Bäume gefährlich rauschen. Doch hier gibt es nur wenige Bäume am Feldweg, deren Äste sich nicht einmal leicht bewegen. Verstohlen sehe ich mich um. Aber es ist weit und breit nichts und niemand zu sehen. Ich bin allein auf dem Feldweg. Trotzdem gehe ich schneller. Mit einem Mal verdunkelt sich der Himmel und ich schaue besorgt nach oben. Was ich sehe, jagt mir große Angst ein, denn es ist eine schwarze Wolke, die furchtbare Geräusche von sich gibt wie ein Sturm und sich auf gespenstische Art verändert. Mal teilt sie sich, mal fügt sie sich wieder zusammen. Mal ist sie lang und schmal wie ein Band, dann wieder kreisrund. Es ist unheimlich! In Panik suche ich nach einem Unterschlupf und entdecke ganz in der Nähe einen Strauch, unter den ich kriechen kann. Doch ich bleibe stehen und beobachte trotz meiner Furcht fasziniert dieses Schauspiel in der Luft. Ich hatte noch niemals zuvor so etwas gesehen und kann mir das seltsame Phänomen nicht erklären, das wie ein riesiges Schaltuch über mir schwebt.

Es sind Vögel! Hunderte! Tausende! Vielleicht eine Million! Es könnten Stare sein, die im Süden überwintern.

Mich ergreift ein unbeschreibliches Glücksgefühl, weil ich diesen so seltenen Vogelzug sehen durfte und gehe beschwingt wie neugeboren nach Haus.

Den Herbst mochte ich schon immer besonders gern. Jetzt bin ich selbst im Herbst meines Lebens und mit meinem Leben völlig zufrieden. Am Anfang meiner Rente war ich unruhig, fast unglücklich. Niemand schien mich zu brauchen, keiner vermisste mich. Aber ich vermisste meine Arbeit und vor allem meine Kollegen. Ich fühlte mich ausgeschlossen vom Leben. Heute bin ich zufrieden mit mir, meinem Leben und sogar mit meinem Körper. Es ziept hier und da, meine Hüften werden breiter und der Bauch dicker, doch es stört mich nicht mehr. Alles ist so wie es sein soll. Nur das Alleinsein stört mich. Nicht immer, aber hin und wieder wünsche ich mir Gesellschaft. Das ist neu für mich, völlig neu. Früher musste ich tagsüber arbeiten und war am Abend froh, wenn ich meine Ruhe hatte.

Meine Ruhe mag ich noch immer, doch wenn ich so allein auf meinem Sofa sitze oder allein durch den Wald spaziere, denke ich so manches Mal an Ralf.

*****

Ich schlendere über den nahen Friedhof und freue mich, dass ich jeden Tag spazieren gehen kann und zwar so lange, wie ich mag. Als Rentner habe ich einen Großteil meines Einkommens verloren, aber viel Freiheit gewonnen.

Hier stehen mehrere alte Ahornbäume, an denen ich mich erfreue. Ich sammle wieder gelbe, gelbrote und rote Blätter auf, um sie daheim in eine Vase zu stellen. Den Hauptweg Richtung Ausgang säumen riesige Kastanien, die bereits ihre runden braunen Früchte abwerfen.

„Sammelst du Kastanien?"

Ralf! Die ganze Zeit habe ich hin und wieder in die Richtung geschaut, wo Ralfs Frau begraben liegt, und gehofft, ihn zufällig zu treffen. Und jetzt steht er tatsächlich vor mir. Ich freue mich sehr, ihn zu sehen.

„Ich betrachte die Bäume. Meine Nachbarin sagt, sie haben einen Baumstamm und die Menschen einen Stammbaum, beide sind fest verwurzelt und ähneln sich. Der Pulsschlag wird ruhiger, wenn man einen Baum umarmt."

Ralf lacht.

„Ich umarme lieber dich!"

Bevor ich begreife, was er gerade gesagt hat, fühle ich seine starken Arme um meine Schultern und wie er mich an sich zieht. Ich habe keine Möglichkeit, mich zu wehren. Hilflos hängen meine Hände neben meinen Hüften, doch dann umfassen sie wie von selbst seinen Rücken. Mir ist zum Heulen zumute, nicht, weil ich traurig oder gar unglücklich bin, sondern dankbar und unendlich erleichtert. Ich habe das Gefühl, dass mir eine zentnerschwere Last von den Schultern fällt und schmiege mich fester an Ralf. Dabei spüre ich seinen Herzschlag und mir wird ganz warm vor Glück.

„Du weinst? Habe ich dir weh getan? Das wollte ich nicht. Entschuldige bitte!"

Ich schüttle den Kopf, bringe aber kein Wort heraus, weil mir irgend etwas die Kehle zuschnürt. Dabei würde ich ihm so gern sagen, dass es mir richtig gut geht.

Ralf umfasst mit seiner Hand meinen Ellbogen und zeigt mit der anderen auf eine Bank. Wir setzen uns und mir sind meine dummen Tränen furchtbar peinlich. Was soll er nur von mir denken?

„Es tut mir leid."

„Nein, das soll es nicht. Alles ist gut."

Ich wage nicht, ihm zu sagen, wie glücklich und erleichtert ich bin und schaue ihn dankbar an. Sein Seufzer zeigt mir, dass er mich verstanden hat.

Bisher kannte ich Tränen nur bei Schmerz und Trauer, aus Freude habe ich noch nie geweint. So wie der Friedhof ein Ort der Trauer und nicht der Freude ist.

„Ich bin nicht traurig und gehe wegen der schönen alten Bäume auf den Friedhof", sage ich endlich.

„Das verstehe ich."

„Aber du bist traurig und besuchst das Grab deiner Frau."

„Nicht nur. Ich finde hier vor allem Frieden, weshalb dieser Ort auch so heißt. FRIEDhof."

Beim Wort Friedhof denke ich nicht an Frieden, sondern immer nur an Gräber und Trauer.

„Du findest hier Frieden?" Ungläubig schaue ich Ralf an. „Ich dachte, du bist hier besonders unglücklich, weil deine Frau nicht mehr bei dir ist."

Ralf schüttelt den Kopf und lächelt mich an.

„Natürlich vermisse ich Irmi, vor allem jetzt als Rentner, wenn die Zeit so allein und ohne Aufgabe einfach nicht vergeht. Aber der Tod an sich ist etwas Schönes."

Ich muss mich verhört haben, denn es gibt wohl keinen Menschen auf der ganzen Welt, der im Tod etwas Schönes sieht. Jeder fürchtet den Tod. Sogar Schwerkranke tun alles, um noch ein klein wenig länger am Leben zu bleiben.

„Vor etwa drei Jahren wurde ich zu einem Mieter gerufen, der Probleme mit seinem Gasherd hatte. Die Haustür stand offen, ich ging hinein und klingelte im Erdgeschoss. In diesem Moment geschah etwas Furchtbares: eine Explosion."

Entsetzt schlage ich die Hände vors Gesicht und

frage leise: „Warst du verletzt?"

„Ich habe nichts gespürt, gar nichts."

Erleichtert seufze ich und ergreife seine Hand. Doch er entzieht sie mir und zeigt nach oben.

„Von oben aus der Luft sah ich auf Leute herab, die sich um einen Mann bemühten, der auf dem Boden lag." Ralf schaut mich prüfend an, als überlege er, ob er weiterreden soll. „Dieser Mann war ich."

„Wie kann das sein?", frage ich ungläubig.

„Erklären kann ich das nicht und doch war es so. Ich sah mich dort auf dem Boden liegen, doch es war mir völlig gleichgültig. Ich hatte das Gefühl, leicht wie ein Blatt im Wind zu sein und höher und immer weiter höher zu schweben, hinein in ein helles Licht."

„Ein Licht?"

„Ja, ein sehr helles Licht, das mich in sich hineinzog."

Ich kann mir nicht vorstellen, wie man in ein Licht hineingezogen wird und schüttle den Kopf.

„Das klingt seltsam, ich weiß. Doch es wird noch seltsamer." Ralf denkt nach. „Es ist schwierig, darüber zu sprechen, weil es eigentlich keine Worte dafür gibt. Ich sah meine verstorbene Frau neben meinem Großvater, an den ich kaum Erinnerungen habe."

Vermutlich befand sich Ralf in einer Art Schock und sah Irrbilder. Von solch einer Art Überlebensstrategie des Körpers hatte ich schon einmal gehört. Er glaubt doch nicht wirklich, dass er in der Luft schwebte und von oben auf seinen Körper herabsah? Das helle Licht wird die Explosion gewesen sein. Am liebsten hätte ich ihm gesagt, dass er mir keinen Bären aufbinden soll vom Wiedersehen mit seiner toten Frau und dem Großvater. Doch ich bleibe still und höre weiter zu.

„Mein Großvater sagte, ich solle zurückgehen."

„Wohin denn zurück?"

„In meinen Körper."

„In deinen Körper? Was glaubst du, wo du gewesen bist, wenn nicht in deinem Körper?"

Ralf schaut mir fest in die Augen und sagt ernst: „Ich war im Jenseits."

„Was meinst du mit Jenseits?", rufe ich aus.

„Etwas, das jenseits unserer Vorstellung existiert, in einem wunderbaren Leben, das nach unserem irdischen Leben folgt."

Jetzt ist er verrückt geworden! Irritiert rücke ich ein klein wenig zur Seite.

„Deshalb weiß ich, dass der Tod etwas Schönes ist und dass es meiner Frau da oben", wieder zeigt er nach oben Richtung Himmel, „gut geht."

Das halte ich für unwahrscheinlich, obwohl ich den Leuten leicht alles glaube, was sie erzählen. Ansonsten glaube ich nur das, was ich sehe. Das Jenseits habe ich nie gesehen, weshalb ich nicht daran glauben kann. Aber an Wunder glaube ich.

Doch der Glaube allein hilft nicht weiter, weshalb ich mehr von der Vernunft halte.

„Du glaubst mir nicht. Das sehe ich dir an. Aber das bin ich gewöhnt."

Also hat er diesen Unsinn auch anderen Leuten erzählt. Vielleicht kann ihm Irene helfen, das vermeintlich Erlebte zu verarbeiten und irgendwann zu vergessen. Schließlich ist sie Therapeut.

„Ich weiß, was ich erlebt und gesehen habe, obwohl mir keiner glauben will. Mein Hausarzt hat mich genauso angesehen wie du jetzt; und dann hat er gesagt, ich brauche viel Ruhe und soll die Geschichte für mich behalten."

Ich beiße mir auf die Lippe, weil es mir peinlich ist, dass er mir so deutlich ansieht, dass ich ihn für verrückt halte.

„Tut mir leid", murmle ich verlegen. „Aber das, was du erzählst, klingt wirklich unwahrscheinlich, direkt absurd."

Ralf ergreift meine Hände.

„Ich weiß und würde es vermutlich auch nicht glauben, wenn ich es nicht selbst erlebt hätte. Deshalb habe ich es außer meinem Arzt nur dir erzählt."

Dieser Beweis für sein großes Vertrauen macht mich sehr verlegen. Mir ist, als verlangt das einen Kuss. Aber das geht natürlich nicht. Es wäre albern in meinem Alter und auch nicht passend. Ich wünsche mir Ralf als einen Gefährten für gemeinsame Spaziergänge, nette Gespräche und hin und wieder zusammen essen. Freunde sind wichtig, aber man steht ihnen nie so nahe wie dem Menschen, den man liebt. Freundschaften sind weniger eng, weshalb man Freunde nicht dauernd treffen mag. Etwas Abstand ist besser. Auch zu Ralf, obwohl ich ihn sehr gern öfter treffen möchte. Mehr will ich nicht.

*****

„Ich würde dir gern meine Heimat zeigen", eröffnet mir Ralf mit feierlicher Stimme.
„Deine Heimat?"
Mir fällt ein, dass er nicht wie ich in Chemnitz geboren ist. Genau genommen wurde auch ich nicht in Chemnitz geboren, weil der Ort kurz vor meiner Geburt in Karl-Marx-Stadt umbenannt wurde und fast vierzig Jahre lang diesen falschen Namen trug. Ralf stammt aus der Lausitz, doch den Ort habe ich mir nicht gemerkt.
„Spremberg ist eine schöne Stadt und wirklich sehenswert." Dann ergänzt er fast beschämt: „Glaube ich zumindest, denn ich war schon viele Jahre nicht mehr dort."
„Warum nicht?"
„Irmi mochte das Flachland nicht und noch weniger die vielen Braunkohlehalden ringsum. Damals hatten wir weder Telefon noch ein Auto und mit dem Zug waren Besuche meiner Familie viel zu aufwän-

dig."

„Hast du noch Verwandte in Spremberg?"

„Das weiß ich nicht." Ralf kratzt sich verlegen am Kopf. „Du hast neulich so hübsch über Bäume gesprochen. Ich will dir einfach nur zeigen, wo meine Wurzeln sind."

Diese Aussicht berührt mich sehr und mich erfüllt eine ungewisse Freude, eine Art Hoffnung auf eine ganz neue Erfahrung wie ein neuer Abschnitt in meinem Leben.

„Sehr gern möchte ich sehen, woher du stammst."

„Wenn es dir recht ist, fahren wir morgen so gegen neun Uhr los."

Morgen schon? Das wäre wunderbar! Ich habe schon lange keine Reise mehr gemacht. Am allerbesten ist, dass ich mit Ralf unterwegs bin.

„Ich hole dich neun Uhr ab. Die Fahrt über die Autobahn dauert nur zwei Stunden und am Abend sind wir wieder zurück."

„Wunderbar!", rufe ich aus und klatsche begeistert in die Hände.

Am nächsten Morgen ist es zwar kühl, doch die Sonne scheint. Während der Fahrt erzählt Ralf, dass Spremberg offiziell zweisprachig ist und niedersorbisch Grodk heißt. Die Stadt trägt den Beinamen *Perle der Lausitz* und liegt an der Spree.

„Wir haben sie früher Reka genannt, was einfach Fluss heißt."

„Die Spree ist mir ein Begriff. Meine Eltern fuhren gern in den Spreewald. Ich war noch nie dort."

„Wenn du willst, bringe ich dich hin. Er ist nur eine Autostunde von Spremberg entfernt."

Dankbar schaue ich Ralf an, weil ich spüre, wie gern er mir eine Freude machen will. Doch jetzt bin ich erst einmal auf seine Heimatstadt gespannt.

„In Spremberg wurde der Schriftsteller Erwin Strittmatter geboren."

Ich weiß noch, dass wir eines seiner Bücher in der Schule lesen mussten, kann mich aber weder an den Titel noch an den Inhalt erinnern.

Das Stadtzentrum befindet sich auf einer Insel, die von zwei Spreearmen umflossen wird. Ralf führt mich zu einem Lokal mit typisch sorbischen Speisen. Wir sitzen gemütlich in einem Biergarten und schauen aufs Wasser. Ich beobachte die vielen Menschen, die an uns vorüber eilen und mir fällt ein, dass ich schon ewig nicht mehr im Stadtzentrum war, den ganzen Sommer über nicht. Meine Wege führen mich nur in den nahen Wald, über den Friedhof und zum Penny zwei Straßen weiter. Dort bekomme ich all die wenigen Dinge, die ich brauche: Lebensmittel und sogar Kosmetik. Die Stadt mit ihrem Gewusel brauche ich nicht.

Der Kellner legt statt der Speisekarte Zettel und Stift vor uns.

„Füllen Sie das aus!"

„Warum?", erkundigt sich Ralf.

„Weil das Vorschrift ist! Ohne Adresse keine Bedienung."

Ich nehme das Papier in die Hand und sehe, dass jeder von uns seine Adresse und Telefonnummer und den Grund unseres Besuches eintragen soll. Etwas unsicher greife ich nach dem Stift, doch Ralf legt seine Hand auf meine.

„Wir gehen!", bestimmt er. „Bei solch einer unfreundlichen Bedienung schmeckt mir das Essen nicht."

So schlimm fand ich das jetzt nicht.

„Er hat gesagt, dass das Vorschrift ist."

„Das habe ich gehört. Doch er hätte uns höflich bitten können, die Zettel auszufüllen und bedauern, dass er sich an diese Vorschrift halten muss."

Jetzt weiß ich, was Ralf meint: Der Ton macht die Musik. Wäre der Mann freundlich gewesen, hätten wir uns gefügt.

Nur wenige Schritte entfernt finden wir einen noch hübscheren Gastgarten mit ausgesprochen netter Bedienung, die uns keinen Zettel zum Ausfüllen vorlegt. Zwar gibt es hier keine regionalen Gerichte wie im Lokal zuvor, sondern italienische, aber mir ist heute alles recht. Ich bin einfach nur glücklich.

„Warum hast du nicht wieder geheiratet?"

Warum hätte ich heiraten sollen? Um nicht allein zu sein? Alleinsein ist kein Unglück. Ich habe niemanden gefunden, weil ich niemanden gesucht habe. Außerdem hatte ich eine körperlich schwere Arbeit und zwei kleine Kinder, so dass ich am Abend erschöpft ins Bett fiel. Finanziell wäre es mit einem zweiten Verdienst natürlich leichter für mich gewesen, andererseits bedeutet ein Mann im Haus mehr Wäsche, mehr Einkauf, mehr Kochen und weniger Eigenständigkeit. Für Olaf wäre ein Vaterersatz gut gewesen, bei Karla bin ich mir nicht so sicher. Sie akzeptierte kaum meine Anweisungen und schon gar nicht die anderer Menschen. Sogar die Lehrer hatten ihre liebe Not mit ihr. Karla warf mir vor, ich hätte ihren Vater vertrieben und zeigte offen, dass ich ihr gleichgültig bin. Das hat mich sehr verletzt, weil es nicht stimmt und so unlogisch ist. Aber ich konnte nichts dagegen tun. Doch das möchte ich Ralf nicht erzählen.

„Irgendwann war es einfach zu spät."

„Es ist nie zu spät."

Wovon redet er?

„Der Mensch ist nicht fürs Alleinsein geschaffen. Er braucht einen Partner."

Ich habe nie einen Partner vermisst, weder früher noch später, als die Kinder aus dem Haus waren. Erst jetzt als Rentner fühle ich mich ab und zu ein wenig einsam, weil ich keine Aufgaben mehr habe und nur in den Tag hinein lebe. Das bin ich nicht gewöhnt und tut mir gar nicht gut.

„Viele Ehepaare heiraten aus Liebe und sind trotzdem oder gerade deswegen unglücklich. Besser ist es wohl, aus Vernunft friedlich miteinander zu leben und Freud und Leid zu teilen."

Ich nicke. Das mag sein. Doch es sind die gleichen Argumente, mit denen mich damals Thomas von einer Heirat überzeugte. Vernunft statt Liebe. Gut verlaufen ist unsere Ehe trotzdem nicht. Vielleicht, weil die Liebe fehlte.

„Woran denkst du?"

An die Liebe, die Vernunft und die Ehe, an Thomas und an Worte, die man sagen muss, obwohl man sie niemals sagen will. Es gibt auch Dinge, die man tun muss, obwohl man sie niemals tun will.

„Ich dachte ..."

Ralf schaut mich aufmerksam an, aber ich weiß nicht mehr, was ich sagen wollte. Ich spüre seine Hand auf meinem Unterarm und wie er mit dem Daumen sacht darüber streichelt. Sofort durchzuckt mich eine Art Stromschlag, doch ich ziehe den Arm nicht zurück.

„Woran dachtest du, meine Liebe?"

Er nennt mich seine Liebe. Jetzt im Alter ist Liebe albern, direkt lächerlich.

Ich schrecke in der Nacht hoch. Was ist geschehen? Nichts ist geschehen. Ich habe nur wieder an ihn gedacht, an Ralf, als hätte ich ein Recht darauf, ständig an ihn zu denken.

Oktober

Das Thermometer zeigt nur sechs Grad, aber die Sonne scheint. Beim Spaziergang durch den Wald schlurfe ich mit den Schuhen durch das hohe Laub und wippe es mit den Schuhspitzen hoch in die Luft.

In Gedanken singe ich:

> Bunt sind schon die Wälder,
> gelb die Stoppelfelder
> und der Herbst beginnt.
> Rote Blätter fallen,
> graue Nebel wallen,
> kühler weht der Wind.

Mir soll kühler Wind recht sein, denn der September war oft hochsommerlich heiß, so dass ich die herbstliche Abkühlung direkt genieße.

Ich gehe den gleichen Weg, den ich gestern mit Ralf gegangen bin, und versuche, das gleiche zu fühlen wie gestern. Hätte er etwas gesagt, würde ich mich an seine Worte erinnern. Doch wir liefen schweigend nebeneinander her und wagten nicht, diese seltsame Verbindung zwischen uns zu stören. Ralf ist mir so vertraut, als kenne ich ihn schon viele Jahre. Dabei haben wir uns zusammengerechnet nicht viel länger als vierundzwanzig Stunden gesehen und nur ein wenig über dies und das geplaudert. Gestern sprachen wie kein einziges Wort, als wüssten wir, dass der andere genau das gleiche denkt.

Mit Thomas lebte ich zehn Jahre zusammen und obwohl er der Vater meiner Kinder ist, fühle ich mich Ralf viel näher. Sein Schweigen empfinde ich als angenehm und überhaupt nicht verletzend wie damals bei meinem Mann, der mich mit seinem tagelangen Schweigen strafen wollte.

Plötzlich regnet es. Es schüttet wie aus Kannen und ich habe wie immer keinen Schirm dabei, nicht einmal einen Hut oder wenigstens eine Kapuze an meiner Jacke. Ich lege einen Schritt zu und beeile mich, zurück nach Hause ins Trockne zu kommen.
Vor meiner Tür steht Ralf. Waren wir verabredet?
„Du bist ja klatschnass!", ruft er aus.
Sofort ist mir klar, dass ich wie ein begossener Pudel aussehe. Nie in meinem Leben war ich eitel, doch jetzt ist mir auf einmal wichtig, gut auszusehen. Ich möchte Ralf gefallen. Automatisch ziehe ich die Schultern hoch und den Kopf ein, als ob ich dadurch meine zerstörte Frisur verbergen könnte. Mit abgewandtem Gesicht sperre ich die Tür auf.
„Ich koche uns einen Kaffee", biete ich an.
Ralf hält eine Tüte hoch.
„Und dazu gibt es Quarkbällchen."
Ich mag die kleinen festen Krapfen gern, die wie winzige Pfannkuchen aussehen.

„Aber zuerst ziehst du die nassen Sachen aus!",
bestimmt er und hilft mir aus der Jacke.

Dann läuft er ins Bad, nimmt ein Handtuch aus
dem Regal und rubbelt mir sanft die Haare trocken.
Sofort fühle ich mich geborgen und umsorgt, ein
völlig neues Gefühl, das ich nicht einmal aus meiner Kindheit kenne.

„Ein Grog wäre jetzt gut oder heißer Rotwein."

„Ich habe weder Rum noch Rotwein, nur Bier."

„Bier geht auch. Warmes Bier hilft gut gegen Erkältung."

Meine Erkältungen kann ich an einer Hand abzäh-
len. Überhaupt war ich in meinem ganzen Leben
höchst selten krank.

„Nein, auf Bier habe ich jetzt keinen Appetit. Das
passt auch nicht zum Kuchen."

Nachdem ich trockene Kleider angezogen habe,
sitzen wir in der Küche, trinken Kaffee und genießen die Quarkbällchen. Anschließend machen wir
es uns auf dem Sofa gemütlich, als wäre es die
selbstverständlichste Sache der Welt.

Ich überlege, womit ich Ralf unterhalten könnte,
aber mir fällt nichts ein. Irgendwie fühle ich mich
für eine Unterhaltung zuständig. Doch mit Männern
habe ich keine Erfahrung und weiß nicht, worüber
sie gern reden. Meine ehemaligen Kollegen interessierten sich für Fußball, wobei jeder Koch für
eine andere Mannschaft fieberte.

„Magst du Sport?", frage ich. „Zum Beispiel Fußball?"

Ralf blinzelt mir zu, als ob er mich durchschaut und ganz genau weiß, dass ich überhaupt keine Ahnung von Sport habe.

„Früher mochte ich Fußball, Energie Cottbus. Sie spielten damals in der DDR-Oberliga, danach in der Bundesliga. Als sie abstiegen, wurde der Verein nur noch kurz in den Regionalsportnachrichten erwähnt."

„Das tut mir leid", behaupte ich, obwohl ich diese Mannschaft nicht kenne und auch nicht wirklich weiß, was es mit den Ligen auf sich hat.

„Ich hätte ohnehin keine Spiele verfolgen können, weil die meisten nur im Bezahlfernsehen übertragen wurden."

„Meinst du die Rundfunkgebühr?"

„Nein. Neben den vielen Fernsehsendern gibt es welche, die ausschließlich Sport oder Filme übertragen. Wenn man diese sehen möchte, muss man extra bezahlen. Bezahlfernsehen eben."

Davon habe ich noch nie gehört.

„Wenn ich alle interessanten Spiele und Sportwettkämpfe sehen wollte, würde ich täglich stundenlang vor dem Fernseher sitzen. Die vielen Sportsendungen haben mich derart übersättigt, dass ich überhaupt kein Spiel mehr sehen mag. Es geht genauso gut ohne Sport, aber nicht ganz ohne Fernsehen." Ralf lacht mich an und scherzt: „Und vor allem nicht ohne dich."

Es geht nicht ohne mich, hat er gesagt. Also freut er sich ebenso wie ich über unsere Begegnungen.

Ralf ergreift meine Hände und sagt sehr ernst: „Am liebsten möchte ich jeden Tag mit dir genießen."

Jeden Tag? Das klingt nach Verpflichtung, nach *von 10 bis 19 Uhr* oder gar rund um die Uhr. Nein, das will ich nicht. Das wäre mir entschieden zu viel. Oder noch schlimmer: Ich gewöhne mich daran und plötzlich mag er mich nicht mehr und verschwindet wie mein Mann. Aber Ralf ist nicht mein Mann. Er ist nur ein Freund und soll es auch bleiben. Will er mehr als mein Freund sein? Glaubt er etwa, wir könnten ein Paar werden? Das kann ich nicht. Und ich will es auch nicht. Abrupt ziehe ich meine Hände zurück.

„Was hast du?"

„Du bist völlig verrückt! Deshalb sagst du solche Sachen."

„Entschuldige bitte!" Ralf steht auf und ich sehe ihm seine Enttäuschung an. „Ich wollte dich nicht kränken."

Bleib!, will ich rufen, aber es kommt kein Wort aus meinem Mund. Meine Kehle ist wie zugeschnürt und ich verstehe mich selbst nicht mehr. Warum habe ich das gesagt? Jeden Tag stelle ich mir vor, mit Ralf am Tisch und auf dem Sofa zu sitzen, gemeinsam zu essen, fernzusehen und spazieren zu gehen. Nichts wünsche ich mir mehr als seine Nähe. Nichts! Und jetzt ist er weg und wird so schnell nicht wiederkommen, weil ich ihn mit meinen dummen Worten vertrieben habe. Mir ist, als hätte es mir den Boden unter den Füßen weggezogen und ich klammere mich an der Sofalehne fest.

Worte kann man nicht zurücknehmen, wenn sie einmal gesagt sind. Ich habe gesagt, dass er verrückt ist, weil er mich jeden Tag sehen will. Doch ich fürchte, er will mich nicht nur sehen, sondern anfassen. Überall! Er will eine Liebesbeziehung.

Denkt er das wirklich? Oder denke nur ich, dass er das denkt? Nein, Männer sind so und manche Frauen auch. Ich nicht! Umarmen lasse ich mich gern, doch auf keinen Fall küssen oder noch mehr. Fünfunddreißig Jahre ging es ohne einen Mann im Bett und wird auch weiterhin funktionieren. Nein, es war gut, dass er gegangen ist. Ich will ihn nicht mehr wiedersehen. Nie mehr!

*****

Am Donnerstag sitze ich oben bei Irene.

„Was hast du?"

Ich kann ihr nicht antworten, weil ich über dieses heikle Thema nicht reden will.

„Nun sag schon! Ich weiß, dass du etwas auf dem Herzen hast und es mir erzählen willst." Irene lacht und blinzelt mir zu. „Also kannst du es auch gleich sagen."

Es stimmt, dass ich unbedingt mit ihr reden will.

Doch ich weiß nicht, wie ich das peinliche Wort Sex locker aussprechen soll. Sex ist in meinem Alter tabu. Schon der Gedanke daran treibt mir die Schamröte ins Gesicht.

„Aha, es geht also um deinen Ralf."

Ich nicke und dann platzt es aus mir heraus: „Er hat gesagt, dass er immer mit mir zusammen sein will. Was bildet sich dieser Mann überhaupt ein?"

„Vielleicht bildet er sich ein, dass du ihn ebenso gern hast wie er dich."

Verlegen schweige ich. Wie sage ich, dass ich in letzter Zeit an Sex denke, obwohl mir das vor mir selbst peinlich ist. In meinem Alter! Darüber reden kann ich nicht. Ich kriege das Wort nicht über die Lippen. Noch peinlicher ist, dass Ralf vielleicht gar nicht an Sex denkt, sondern einfach an gemeinsame Spaziergänge. Ich komme nicht mehr raus aus der Geschichte, weil ich ihn nicht so direkt fragen kann.

„Was genau stört dich daran, dass er deine Nähe sucht?"

„Ich will gern für ihn kochen und hin und wieder mit ihm spazieren gehen, aber ich will nicht mit ihm ins Bett."

Jetzt ist es raus.

„Hat er das gesagt?"

„Nicht so direkt", druckse ich. „Aber man weiß ja, dass die Männern nur an das Eine denken."

„Es geht nicht um die Männer, sondern um Ralf",

korrigiert Irene. „Warum willst du keine Liebesbeziehung?"

Sie versteht mich nicht und es bringt nichts, es ihr zu erklären. Trotzdem sage ich, dass ich *so etwas* nicht brauche.

„Jeder braucht Zärtlichkeit."

Zärtlichkeiten sind für mich Umarmungen, eingehänkelt spazierengehen, freundliche Blicke. Sex ist animalisch, brutal, derb. Kurz: nichts für mich.

„Warst du niemals verliebt? So richtig bis über beide Ohren, dass du an nichts anderes mehr denken konntest als an diese eine Person?"

„Nein. Ich habe mich nie von unsinnigen Gefühlen hinreißen lassen, weil es nichts bringt."

Und doch ist mir klar, dass ich nicht die Wahrheit sage, denn schon seit Januar spukt Ralf in meinem Kopf herum und das fast ohne Pause. Das liegt nur daran, dass ich den ganzen Tag allein daheim sitze und mir ein wenig Gesellschaft wünsche. Unterhaltung eben – mehr nicht.

„Wie oft habt ihr euch bisher getroffen?"

„Elf Mal", sage ich wie aus der Pistole geschossen, worüber Irene lächelt.

„Hat er nie versucht, dich zu berühren, in den Arm zu nehmen oder zu küssen?"

Mir fällt der Bruderschafts-Kuss im Waldcafé ein, den er mir mitten auf den Mund drückte. Das fand ich direkt anstößig. Ein Kuss ist etwas sehr Intimes und gehört sich nicht zwischen Fremden, auch dann nicht, wenn man sich mag.

„Wenn ein Mann nicht spätestens bei der dritten Begegnung Körperkontakt sucht, hat er kein wirkliches Interesse an der Frau."

Was meint sie mit Interesse? Sind Spaziergänge nicht interessant für einen Mann? Muss man sich unbedingt küssen und was weiß ich nicht alles? Ich will das nicht. Ich will aber auch nicht auf Ralf verzichten.

„Es ist völlig normal, dass er die Initiative ergreift. Du solltest ihm ehrlich sagen, was du willst und was nicht."

Sie hat gut reden. Ich will ihn so oft es geht bei mir haben, doch nicht rund um die Uhr und schon gar nicht über Nacht. Mir macht so viel Nähe Angst. Aber wenn ich ihm das sage, wird er mich vielleicht überhaupt nicht mehr sehen wollen.

„Ich will seine Nähe, aber nicht so nahe, wie er es will. Doch ich wage nicht, es ihm zu sagen."

„Das solltest du aber. Lieb und zurückhaltend sein wird überschätzt. Es bringt nichts."

Im Grunde hat Irene recht. Ich muss Ralf sagen, was ich will und was nicht. Doch was mache ich, wenn er dann auf Nimmerwiedersehen verschwindet?

„Was soll ich tun?"

„Nur du kannst wissen, was gut für dich ist und was du tun musst. Das kann dir keiner abnehmen."

„Aber woher weiß ich, dass ich richtig gewählt und

keinen Fehler gemacht habe?"

Irene lacht.

„Das weißt du erst hinterher, denn nachher ist man immer klüger."

Ihre Plattheiten kann sie für sich behalten. Dass man hinterher schlauer ist, weiß schließlich jeder.

„Du musst für dein Glück kämpfen!"

Wieder so eine Plattheit!

„Ich kämpfe nie!", sage ich wütend.

„Warum nicht?"

„Weil ein Kampf niemandem nützt. Man kann die Dinge nicht ändern. Sie sind wie sie sind."

Irene schüttelt den Kopf.

„Bist du zu träge, zu gleichgültig oder zu feige für einem Kampf?"

Jetzt geht sie zu weit.

„Ich bin nicht dein Patient!", fahre ich sie an.

„Nein, du bist meine Freundin und deshalb darf ich deutlich werden. Muss ich sogar."

„Und ich muss jetzt gehen!", entgegne ich wütend.

Wenn es um Ralf geht und ich mich hilflos fühle, werde ich neuerdings zornig. Zornig auf mich selbst und auf jeden, der zufällig in meiner Nähe ist.

„Warte! Ich habe ein Gleichnis für dich."

Irene läuft aus dem Zimmer. Ich höre sie in der Küche rumoren, bevor sie mit einem Korb voller kleiner Näpfchen zurückkommt und mir geheimnisvoll zublinzelt. Sie stellt ein leeres Glas auf den Tisch und befüllt es mit Kirschtomaten.

„Ist das Glas voll?"

Ich nicke etwas irritiert. Derartige Spielchen mag ich nicht. Sie soll sagen, was sie zu sagen hat und kein großes Theater daraus machen.

Nun kippt sie gefrorene Erbsen dazu, die zwischen die kleinen Tomaten kullern und jede Lücke füllen.

„Ist jetzt das Glas voll?"

Wieder nicke ich und frage, was sie mir mit dem Gemüse beweisen will.

„Warte ab! Ich habe noch Zucker."

Obwohl das Glas sichtbar gefüllt ist, kann sie den gesamten Inhalt des Zuckerschale hineinkippen.

„Ich sehe, dass es voll ist", sage ich halb amüsiert und halb ungeduldig und warte auf ihre Erklärung.

„Einen habe ich noch!"

Mir ist klar, dass nichts mehr in das Glas hinein- passt, denn es ist randvoll. Doch Irene öffnet eine Flasche Sekt und gießt die Flüssigkeit ins Glas.

Nun muss ich lachen und frage, was sie mir damit sagen will.

„Die Tomaten sind deine Familie und sollten dir wichtiger sein als die Erbsen. Die stehen für die anderen wichtigen Dinge wie zum Beispiel Woh- nung, Arbeit, Freunde, Nachbarn und Geld. Der Zucker ist der unwichtige Rest."

Was ist so unwichtig wie dieser Zucker? Ich habe keine Ahnung.

Bevor ich sie fragen kann, erklärt Irene: „Wenn du zuerst Zucker in das Glas füllst und danach die Erbsen hinzugibst, hast du keinen Platz mehr für die Tomaten. Verstehst du? Das ist der eigentliche Sinn des Lebens."

Der Sinn des Lebens soll also die Familie sein. Wenn man sich mit Nebensächlichkeiten befasst, hat man keine Zeit mehr für seine Kinder und den Partner. Doch warum zeigt sie es mir? Glaubt sie, ich weiß nicht, wer oder was wirklich wichtig für mich ist? Das weiß ich sehr wohl. Nur bei Ralf bin ich mir unsicher. Hat sie wegen Ralf ihr albernes Gemüseexperiment veranstaltet? Soll ich entscheiden, ob Ralf eine Tomate oder eine Erbse ist? Darüber muss ich kichern und ich gebe zu, dass Ralf für mich keine lächerlich kleine Erbse ist, aber eine Tomate auch nicht.

Irene lächelt vielsagend.

Doch ehe sie das, was sie sagen will, aussprechen kann, frage ich: „Und der Sekt? Wofür steht der Sekt?"

„Gut, dass du fragst. Den hätte ich fast vergessen." Sie nimmt zwei Sektgläser aus dem Korb und gießt uns ein. „Der Sekt soll dich daran erinnern, hin und wieder mit deiner netten Nachbarin ein Gläschen zu trinken."

*****

Am Abend denke ich über das Glas voller Gemüse nach, womit mir Irene den Sinn des Lebens erklären wollte. Die unsinnige Frage nach dem Sinn des Lebens habe ich mir in meinem ganzen Leben nie gestellt. Wozu auch? Ich habe gearbeitet und für die Kinder gesorgt. Das war eine alltägliche sinnvolle Aufgabe. Heute habe ich keine Aufgabe, sondern lebe sorglos in den Tag hinein.

Ist mein Leben deshalb sinnlos?

Ganz sicher nicht! Ich mag meinen gleichförmigen Alltag und schätze keine Veränderungen. Die meisten Menschen wollen ständig etwas ändern, weil sie glauben, es müsse besser gehen als im Moment. Doch jede Veränderung bringt die nächste Veränderung mit sich und man merkt, so geht es nicht. Nicht alles, was neu ist, ist automatisch besser. Aber zurück kommt man nicht. Deshalb bin ich lieber mit dem zufrieden, was ich habe.

Irene versteht das nicht. Sie versteht *mich* nicht, obwohl sie Psychologin ist. Von ihr habe ich einen guten Rat erwartet und nicht, dass ich selbst wissen muss, was gut für mich ist. Natürlich weiß ich, was gut für mich ist. Ich möchte mein gewohntes Leben leben und hin und wieder ein wenig Gesellschaft mit Menschen, die ich mag. Mit Ralf zum Beispiel und auch mit ihr. Aber ich möchte niemanden rund um die Uhr um mich haben, nicht einmal jeden Tag. Irene sagt, es sei vor allem wichtig, mich selbst zu lieben. Wozu sollte ich mich selbst lieben? Das tun im besten Fall andere. Und wenn nicht, ist es auch nicht tragisch. Ich liebe meine Kinder und Enkel und ganz allgemein die Menschen. Nicht alle, aber viele. Ich mag es, sie zu beobachten, mir ihre Geschichten anzuhören und ihnen zu helfen. Mir selbst muss ich nicht helfen. Ich bin einfach nur da. Das reicht mir.

Was Ralf betrifft, sehe ich klarer. Ich bleibe lieber allein, als mich noch einmal auf eine Beziehung einzulassen. Allein und frei sein bringt mir mehr Vorteile als das ständige Zusammensein mit einem Partner, selbst, wenn der Partner Ralf wäre. Sicher hätte ich mehr Spaß zu zweit und immer Gesellschaft beim Spaziergang und bei den Mahlzeiten. Denn allein schmeckt das leckerste Essen nicht halb so gut wie ein einfaches Mahl in Gesellschaft. Wirtschaftlich gesehen sind geteilte Kosten nur halbe Kosten, was nicht zu unterschätzen ist. Ich hätte immer jemanden zum Reden und Zuhören, aber es besteht die Gefahr für einen Streit. Ralf und ich haben uns allerdings noch nie gestritten und ich kann mir auch nicht vorstellen, dass bei uns eine Meinungsverschiedenheit so heftig ausartet wie mit Karla. Andererseits würde es mir auch nicht gefallen, wenn er so unterwürfig ist wie Olaf. Dieses Hin und Her und Abwägen bringt nichts. Ich will in Ruhe meinen Alltag genießen und nur hin und wieder Ralfs Gesellschaft. Seine plumpen Annäherungen mag ich nicht und werde es ihm deutlich sagen.

Andererseits … Mir fällt ein, wie es mich durchzuckte, als mir Ralf die Hand auf den Arm legte und wie heiß mir wurde, als er mich umarmte. Das muss aufhören! Ich werde bald Siebzig! Was sollen die Leute denken, wenn so eine Alte anfängt, wie eine Siebzehnjährige herumzuschwänzeln?

Außerdem passen wir nicht zusammen, weil wir die Dinge verschieden sehen. Neulich schauten wir gemeinsam die *Landfrauenküche* im Fernsehen. Ich mag die Sendung, weil sie Frauen zeigt, die auf dem Land leben und leckere Mahlzeiten für ihre Freunde kochen. Ralf war ebenfalls von der Dokumentation begeistert, doch er interessierte sich für die Technik, die Maschinen im Stall und auf dem Feld, während ich Näheres über die Familie und die Rezepte wissen wollte. Das ist der beste und zugleich letzte Beweis dafür, dass ein Zusammenleben mit Ralf völlig undenkbar ist.

November

Ich habe eine hässliche Beule am linken großen Zeh und weiß nicht, was das ist. Mein gesamter Fuß ist dadurch breiter, so dass er kaum in den Schuh passt. Das tut beim Laufen höllisch weh. Ich weiß gar nicht, wo dieser Knubbel auf einmal herkommt. Rechts ist auch einer, doch nicht so groß wie am linken großen Zeh. Diese Dinger sind mir erst jetzt aufgefallen, weil sie schmerzen. Ich habe ganz normale Füße, keine schönen. Kein Mensch hat schöne Füße.

Irene sagt, das sei eine Fehlstellung, die man Hallux Valgus nennt. Mit lateinischen Namen kenne ich mich nicht aus.

„Das kommt von falschem Schuhwerk, von zu hohen Absätzen oder zu spitzen Schuhspitzen, was mal Mode war."

„Aber ich trage ganz normale Schuhe mit flachen Absätzen."

Während meiner Arbeit in der Küche mussten wir den ganzen Tag feste Sicherheitsschuhe tragen, klobige Dinger mit Verstärkung über den Zehen. Sie ließen zwar Luft durch, aber kein Wasser und auch kein heißes Öl. Auf jeden Fall waren sie flach. Weder meine Hausschuhe noch die für die Straße hatten jemals hohe Absätze. Woher also sollte die Krankheit kommen?

„Vielleicht hast du das von deiner Mutter geerbt."

Hatte meine Mutter kranke Füße? Ich weiß es nicht, denn ihre Füße habe ich nie gesehen.

„Massiere täglich und mache eine spezielle Gymnastik! Ich kann dir die Übungen zeigen, wenn du willst."

Ich will aber nicht. Gymnastik bringt nichts! Wenn

die Beule an meinem Fuß eine Krankheit ist, muss das operiert werden.

Mir fällt eine Kabarett-Sendung ein, in der der Komiker mehrere Leute aufzählte, die Gymnastik, das Laufband oder sonstige Fitness erfanden, sehr früh starben. Aber die Erfinder von Nutella, diversen Likören und Zigaretten wurden fast hundert Jahre alt. Weshalb also sollte Gymnastik gesund sein? Das Kaninchen springt pausenlos hin und her, lebt aber nur zwei Jahre, die langsame Schildkröte dagegen 400. Ich glaube, zum Schluss forderte der Kabarettist, man solle sich ausruhen, essen und trinken und ganz entspannt sein Leben genießen. Genauso werde ich es halten und niemals Sport oder Gymnastik machen.

Gleich am nächsten Morgen gehe ich zu meinem Hausarzt, um ihm die Beulen an meinen Zehen zu zeigen. Vielleicht kann er mir helfen, vielleicht schreibt er eine Überweisung zu einem Fußexperten.
Im Warteraum sitzt kein einziger Patient. Und das in der Grippezeit!
„Ich werde meine Praxis noch vor Weihnachten schließen."
„Warum?", frage ich entsetzt.
„Sie sehen ja, dass die Leute ausbleiben. Sie kommen nicht einmal zur jährlichen Grippeschutzimp-

fung."

„Das habe ich auch nicht vor."

Seit ich mich nicht mehr gegen Grippe impfen lasse, bin ich nicht mehr daran erkrankt und hatte nicht einmal eine einfache Erkältung.

„Ich gehe in Rente und werde ab Januar nur noch in den Impfzentren mitarbeiten, weil das hervorragend gut bezahlt wird."

Ein Arzt bekommt also zusätzliches Geld, wenn er impft? Hat er mir deshalb in jedem Jahr geraten, mich gegen Grippe und Tetanus und was weiß ich nicht alles impfen zu lassen?

Ich zeige dem Arzt meine buckeligen Füße.

„Eine Operation ist nicht nötig, weil die Fehlstellung nicht einmal mittelschwer ist."

Ich soll also abwarten, bis es schlimmer wird?

„Ich werde Ihnen ein Rezept für die Physiotherapie ausstellen. Durch gezielte Übungen mit der Großzehe verlangsamt sich das Fortschreiten der Fehlstellung und kann sich sogar bis zu einem gewissen Grad korrigieren lassen. Und die Schmerzen gehen zurück."

Also hatte Irene Recht mit ihrer albernen Gymnastik. Das passt mir gar nicht. Und noch weniger passt mir, dass mein Hausarzt in Rente geht.

„Wer übernimmt denn Ihre Praxis?"

„Niemand. Ich konnte keinen Nachfolger finden."

„Nicht? Wo soll ich jetzt hingehen, wenn ich krank werde?"

„Das kann ich Ihnen leider nicht sagen. Die umliegenden Ärzte sind nicht viel jünger als ich und nehmen, soweit ich weiß, keine neuen Patienten an."

Auch das noch! Schon mein Zahnarzt ging im Mai in Rente und nun der Hausarzt. Soll ich mit dem Bus kreuz und quer durch die Stadt fahren, wenn ich krank bin? Bis jetzt war es so bequem, denn die Praxen waren keine fünf Minuten zu Fuß von meiner Wohnung entfernt.

Direkt neben der Praxis befindet sich meine Sparkasse. Dort habe ich selten zu tun, weil die Miete abgebucht wird und ich, wenn ich Geld brauche, dieses einfach am Automat abheben kann. Leider ist bei meiner Karte eine Ecke abgebrochen und ich weiß nicht, wie das passierte. Deshalb gehe ich zum Schalter und reiche der Frau meine schadhafte Karte.

„Ihr Ausweis ist nicht mehr gültig", sagt sie und gibt mir die Karte zurück.

Hatte ich ihr versehentlich meinen Ausweis gegeben? Irritiert betrachte ich die Bankkarte.

„Ich wollte nur eine neue Karte, weil meine kaputt ist und vielleicht nicht mehr korrekt funktioniert."

„Ihr Ausweis ist nicht mehr gültig", wiederholt sie. „Ich kann nichts für Sie tun."

„Aber ich will doch keinen neuen Ausweis!"

Wieso weiß sie eigentlich, dass mein Ausweis abgelaufen ist? Sie hat ihn gar nicht gesehen. Steht das in ihrem Computer?

„Bitte treten Sie zur Seite!", fordert sie mich streng auf und macht dem Mann hinter mir ein Zeichen, dass er vortreten soll.

Irritiert gehe ich zum Ausgang und weiß nicht, was ich jetzt machen soll. Ich habe keine neue Karte beantragen können und außerdem keinen gültigen Personalausweis. Neben dem Geldautomat bleibe ich stehen und krame meinen Ausweis aus der Tasche. Es stimmt: Mein Ausweis ist im letzten Monat abgelaufen. Du lieber Schreck! Ich brauche dringend einen neuen und zwar sofort.

*****

Da ich ohnehin unterwegs bin, kann ich gleich zum Bürgeramt in die Stadt fahren.

„Haben Sie einen Termin?", fragt eine kräftige Frau in Uniform und versperrt die Eingangstür.

„Nein."

„Ohne Termin darf ich Sie nicht einlassen."

Warum nicht? Ich habe ein Anliegen, das ich nur hier im Amt klären kann.

„Ist denn die Meldebehörde nicht geöffnet?"

Ich beuge mich zur Seite und überprüfe die Öffnungszeiten, die am Schild neben der Tür aufgeführt sind.

„Rufen Sie im Bürgeramt an und lassen sich einen Termin geben!"

Etwas irritiert fahre ich wieder nach Hause, ohne etwas erreicht zu haben. Vor gut einem Jahr habe ich meinen Wohnsitz umgemeldet. Da hätte man mich darauf aufmerksam machen können, dass ich meinen Ausweis verlängern lassen muss. Ich wurde nur gefragt, ob ich einen Führerschein habe, auf dem die Adresse geändert werden müsste. Aber ich habe keine Fahrerlaubnis.

Während der gesamten Rückfahrt versuche ich, meinen Ärger hinunterzuschlucken, weil ich im Amt nicht vorgelassen wurde, völlig umsonst mit dem Bus in die Stadt fuhr und vor allem, weil ich nicht merkte, dass mein Ausweis nicht mehr gültig ist. Doch es bringt nichts, sich zu ärgern. Man muss tun, was getan werden muss.

Also rufe ich im Amt an und sage, dass ich meinen Personalausweis verlängern lassen möchte und dafür einen Termin benötige.

„Einen Ausweis kann man nicht verlängern. Sie müssen einen neuen beantragen. Kommen Sie am Donnerstag um 8:40 Uhr zum Düsseldorfer Platz, zweiter Stock!"

Mich überrascht, dass das Amt bereits so früh geöffnet ist.

„Name!"

„Beate Wenzel."

Ich höre das Klacken von Computertasten.

„Bringen Sie die Geburts- und Scheidungsurkunde

mit! Für das Passbild gibt es einen Automaten im Haus. Ihr Code lautet 11839."

„Welcher Code?"

„Den Code müssen Sie am Eingang nennen, sonst werden Sie nicht eingelassen."

8:40 Uhr. So minutengenau werden die Termine vergeben. Das kann von Vorteil sein, denn das erspart mir lange Wartezeiten. Vorausgesetzt, im Amt hält man sich ebenso genau an die vorgegebenen Zeiten.

Ich fahre extra einen Bus früher, um mich nicht zu verspäten. Das war eine gute Entscheidung, denn der Bus fährt eine ganz andere Strecke als ich gewohnt bin. Vorgestern war hier noch keine Baustelle. Immerhin lande ich am Ende ebenfalls an der Zentralhaltestelle, auch wenn die Fahrt ein klein wenig länger dauerte.

„Haben Sie einen Termin?", fragt mich die Frau am Eingang.

„Ja. Auch eine Nummer, die ich sagen soll."

„Uhrzeit?"

Ich schaue auf meine Uhr. Sie zeigt 8:10 Uhr. Es ist immer besser, wenn man eine halbe Stunde zu früh auf einem Amt erscheint als zwei Minuten zu spät.

„Wann sind Sie bestellt?"

„Bestellt? 8:40 Uhr."

„Dann kommen Sie 8:35 Uhr wieder!"

„Darf ich nicht drinnen warten?"

Die Frau schüttelt energisch den Kopf und wiederholt: „8:35 Uhr!"

Es ist kalt und nieselt. Das wäre nicht so schlimm, wenn kein eiskalter Wind über den Platz fegen würde. Das Einkaufszentrum Galerie Roter Turm hat noch nicht geöffnet, auch keine Gasthöfe, wo man sich unterstellen kann. Ich schlage meinen Mantelkragen hoch, ziehe die Mütze weit in die Stirn und laufe über den Marktplatz. Dort werden einige Stände aufgebaut, aber in großem Abstand voneinander. Ein Verkauf ist erst ab neun Uhr gestattet. Leider sind auch die Rathauspassagen geschlossen. Ich weiß nicht, wo ich mich unterstellen kann und finde keine einzige windgeschützte Stelle.

Kurz vor der angegebenen Zeit bin ich zurück am Eingang und muss mich tatsächlich noch zwei Minuten gedulden, bevor ich das Haus betreten darf.

Die Frau deutet auf die Maske, die ihr Gesicht verhüllt.

„Maske!"

Meine Maske hätte ich in der Aufregung fast vergessen. Eilig krame ich sie aus meiner Tasche und setze sie auf. Nun darf ich hinein. Direkt hinter der Tür sitzen zwei junge Männer hinter hohen Glasscheiben, denen ich die Nummer nenne.

„11893."

Der Mann sucht ziemlich lange auf seiner Liste und

fragt nach meinem Namen.

„Bei mir steht ein anderer Code: 11839.“

„Oh! Ich bitte um Entschuldigung. In der Aufregung habe ich die Zahlen verdreht.“

„Sie haben also den korrekten Code?“, unterbricht er mich.

„Ja, es war nur ...“

„Zweiter Stock. Benutzen Sie die Treppe!“

Ich stehe direkt neben dem Fahrstuhl, aus dem in diesem Moment ein Mann heraustritt. Doch der junge Mann weist mit seinem Arm auf die Treppe. Vielleicht ist die Technik nicht in Ordnung. Für mich ist das Treppensteigen normalerweise kein Problem, doch ich bin aufgeregt und deshalb ziemlich außer Atem.

Im zweiten Stock lässt sich die große Glastür nicht öffnen. Auf einem Schild steht *Tür öffner bestätigen.* Ein Mann greift an mir vorbei und drückt auf eine Taste, die etwa in Hüfthöhe angebracht ist und auf der *Tür öffner* steht. Aber eine Bestätigungstaste findet auch er nicht. Wir drücken mehrmals auf verschiedene Tasten und rütteln am Drehknopf der Tür. Irgendwann öffnet sich die Tür einen Spalt und fällt wieder zu. Im letzten Moment steckt der Mann seinen Fuß in den Spalt und ich gelange endlich in den Wartebereich, wo etwa dreißig Leute sitzen. Ich stelle mich an die Informationstheke, weil ich wissen möchte, ob ich das Foto vorher machen muss und wo sich der Automat befindet.

Doch die Frau hinter der Scheibe telefoniert und schaut nicht auf. Dabei zeigt die Uhr bereits 8:42 Uhr und ich habe Angst, Ärger wegen meiner Verspätung zu bekommen.

Suchend schaue ich mich um und entdecke einen Mann, der auf einem hohen Schemel sitzt und ernst gegen die Wand guckt. Das muss der Pass-bildautomat sein! Es gongt und alle Leute schauen gleichzeitig nach oben auf eine Tafel, die von der Decke hängt. Darauf stehen Zahlen, immer paar-weise. Über dem zweiten Paar steht *Zimmer*. Jetzt begreife ich das System. Die linke Zahl ist der Code des Besuchers und daneben das Zimmer, in dem er sich melden soll. Bisher konnte ich sämt-liche Meldungen in der Bürgerstelle meines Wohn-viertels erledigen. Doch die ist zur Zeit geschlos-sen. Hier in dem riesigen Amt kenne ich mich nicht aus. Eine der Zahlen zeigt meine eigene Code-nummer 11839 und dahinter 20.068. Eilig raffe ich Mantel und Tasche an mich und suche nach der Zimmernummer. Doch hier im Wartebereich gibt es keine Zimmer, nur die Zahlautomaten, Toiletten und die große Informationstheke. Die Dame dahin-ter telefoniert noch immer oder schon wieder und schaut nicht auf. Also laufe ich in den Gang und finde 20.061 und 20.059, aber nicht 20.068.

„Bitte, wo ist die 68?", frage ich aufgeregt eine Frau, die eine Nummer am Pulli hat und vermutlich zum Haus gehört. „Ich werde erwartet."

Sie lächelt und zeigt mir den Weg.

Im Zimmer sitzt ein dicker Mann hinter einer Glaswand.

„Tut mir leid, ich habe Ihren Raum einfach nicht finden können."

„Das macht nichts. Hier verläuft man sich schnell", beruhigt er mich.

Ich schiebe meine Unterlagen und den Ausweis durch einen Schlitz in der Scheibe.

„Mein Ausweis ist bereits abgelaufen!", sage ich schuldbewusst.

Ich bin den Tränen nahe, denn Irene warnte mich, dass mein Versäumnis mit einem Bußgeld bis zu dreitausend Euro bestraft werden kann.

„Ich muss Ihnen die Gebühr leider erhöhen."

Ergeben schließe ich meine Augen und bereite mich auf die Höhe des Strafgeldes vor.

„Bitte unterschreiben Sie!", höre ich die freundliche Stimme des Mannes.

Er schiebt einen Zettel durch den Spalt und zeigt auf den Kugelschreiber, der auf meiner Tischseite liegt. Doch so sehr ich mich auch bemühe, ich kann die Schrift auf dem Schreiben nicht entziffern. Da fällt mir ein, warum ich nichts erkenne: Ich habe keine Brille auf. Es dauert eine Weile, bis ich sie in meiner Tasche finde.

„Immer mit der Ruhe!", sagt der Mann freundlich.

Hat er eine Summe genannt? Ich erinnere mich nicht. Vielleicht habe ich ihn nicht verstanden.

„Sie entschuldigen, ich höre schlecht."

Der Mann nimmt seine Maske ab und ich schaue in ein freundlich lachendes Gesicht.

„Verstehen Sie mich jetzt besser?"

So ein netter Mensch, denke ich und lächle ihn dankbar an.

„Der neue Ausweis kostet 37 Euro, das Bußgeld zehn. Wenn Sie nicht so viel Bargeld dabei haben, können Sie mit Ihrer Bankkarte bezahlen."

Erleichtert seufze ich. Meine Hände zittern, als ich meinen Geldbeutel in der Tasche suche.

Der Mann winkt ab und reicht mir eine kleine Karte.

„Bitte zahlen Sie am Kassenautomat und bringen mir die Quittung. Außerdem benötige ich Ihr Passfoto. Den Automaten finden Sie ebenfalls in der Informationshalle."

„Hoffentlich komme ich damit zurecht und finde anschließend Ihr Büro wieder."

„Keine Sorge!", sagt der Mann freundlich. „Ich gehe Ihnen nicht verloren. Nehmen Sie sich die Zeit, die Sie brauchen."

Zum Glück habe ich genügend kleine Geldscheine eingesteckt und schiebe einen nach dem anderen in den Automat. Das Bedienen ist einfach, weil jeder Schritt angezeigt wird. Doch als ich mit dem Bezahlen fertig bin, lese ich auf dem Display, dass noch zwanzig Euro fehlen, obwohl ich den Betrag auf den Cent genau eingeworfen habe.

Die Frau an der Information telefoniert und schaut

nicht auf, als ich an die Glasscheibe klopfe. Was soll ich nur tun? Ich habe keine zwanzig Euro mehr und fürchte, dass mein Geld weg ist, wenn ich den Vorgang einfach abbreche. Verzweifelt schaue ich mich um.

„Kann ich Ihnen helfen?", fragt eine Frau.

„Der Automat … Ich soll zwanzig Euro zahlen, obwohl ich das längst gemacht habe."

Die Frau greift mit ihren sehr langen Fingernägeln in einen schmalen Schlitz, der sich über dem befindet, in den ich meine Scheine einführte. Dort zieht sie tatsächlich einen Zwanzig-Euro-Schein heraus. Mein Geld! Es hatte sich verhakt. Vor lauter Freude und Erleichterung hätte ich die Frau am liebsten umarmt.

Sie schiebt nun den Schein vorsichtig in den Geldschlitz und der Automat bestätigt den Zahlungseingang und spuckt zwei Quittungen aus.

Diese bringe ich zusammen mit dem Passbild in das Büro des netten Beamten.

„Sie erhalten in etwa zwei Wochen einen Brief mit einer PIN, den Sie zur Abholung Ihres Ausweises bitte mitbringen."

„So schnell geht das?"

„Ja. Allerdings ist der Brief keine Abholbenachrichtigung. Sie rufen bitte einige Tage später an und lassen sich einen Termin zur Abholung geben."

*****

Am Donnerstag erzähle ich Irene meine Erlebnisse beim Arzt und beim Bürgeramt. Obwohl dies eine aufregende Geschichte ist, habe ich den Eindruck, dass Irene gar nicht zuhört. Sie fragt nicht nach und macht auch keine Zwischenbemerkungen.

„Was ist mit dir?", frage ich.

„Ich muss mit dir reden."

Wir reden seit einer guten Stunde, aber offenbar nicht über das, was sie sagen will. Ich richte mich auf und schaue sie aufmerksam an.

„Du bekommst ein Fenster in dein Zimmer."

„Ein Fenster?"

Ich schaue mich um und weiß beim besten Willen nicht, wo ein Fenster eingebaut werden soll und vor allem nicht, warum. Die Balkontür und das Fenster daneben lassen viel Licht in den Raum. Mir gefällt es so wie es ist.

Irene steht auf, geht hinter den großen Kleiderschrank, wo mein Bett steht, und zeigt auf die Außenmauer.

„Ungefähr hier."

„Ich will dort kein Fenster!"

„Ich auch nicht. Aber es muss sein."

Sie erklärt mir, dass irgendein Architekt ein altes Foto von unserem Haus entdeckte, auf dem es an der Giebelseite zwei Fenster gab. Dieses Foto zeigte er dem Denkmalschutz und der legte fest, dass das zugemauerte Fenster wieder geöffnet werden muss.

„Darf der das?"

Irene nickt und schaut mich bekümmert an, weil sie diesen Umbau, den sie gar nicht will, auch noch bezahlen muss.

„Der Umbau soll in der dritten Januarwoche beginnen."

„Im Winter?", rufe ich entsetzt aus.

„Ich habe nur diesen Termin bekommen, weil Maurer um diese Zeit keine Aufträge haben."

„Aber wie soll das gehen?"

„Auf jeden Fall kannst du in dieser Zeit nicht in der Wohnung bleiben, wenn sie den Wanddurchbruch machen, den Sturz einbauen und mauern. Da entsteht viel Staub und Dreck und das Loch in der Mauer wird nur provisorisch geschlossen, bevor Fensterbretter und Fenster eingesetzt werden. Du musst nur gut deine Möbel abdecken! Aber bleiben kannst du in der Zeit wirklich nicht."

„In welcher Zeit? Wie lange dauert dieser Umbau?"

„Zwei bis vier Tage." Leise ergänzt sie: „Wenn alles gut geht."

Zwei bis vier Tage. Das ist nicht viel, wenn man weiß, wo man in dieser Zeit bleiben kann.

„Aber so soll ich hin?"

Die anderen Mieter über mir bekommen ebenfalls solch ein Zusatzfenster in die Stube und freuen sich vielleicht über mehr Licht. Doch sie haben ein Extra-Schlafzimmer und eine große Wohnküche. Sie werden zwei oder vier Tage ohne Wohnstube auskommen, ich aber nicht. Ich kann schließlich nicht in der Küche schlafen. Es sei denn, ich lege mir ein Luftbett auf den Boden.

„Es sind noch fast sieben Wochen bis dahin. Du hast also genug Zeit, dich um eine Bleibe zu kümmern."

Irene hat gut reden, während ich beim besten Willen nicht weiß, was ich machen soll. Mir fällt nur Olaf ein, der mich zur Not aufnehmen könnte. Er wird mir meine Bitte nicht abschlagen, doch begeistert wird er nicht sein. Hoffentlich hat seine neue Freundin nichts gegen meinen Besuch.

„Es ist besser, du gehst jetzt", fordere ich Irene auf. „Ich muss nachdenken und diesen Schock erst einmal verdauen."

So leicht ist das nicht in meinem Alter. Ich mag keine Veränderungen, in meiner Wohnung schon gar nicht. Wo soll das Bett stehen, wenn dort ein Fenster ist? Passt der große Kleiderschrank dann noch neben das Sofa?

„Geh zu einem Anwalt!", rät mir Olaf, als ich ihm am Telefon vom geplanten Umbau erzähle. „Du darfst dir das nicht gefallen lassen!"

Das sagt ausgerechnet mein Sohn, der sich nie wehrt und nicht einmal zu einem Gericht geht, um seine Kinder sehen zu dürfen. Doch es hat keinen Zweck, ihn daran zu erinnern.

„Ein Anwalt kostet Geld und kann vermutlich den

Umbau auch nicht verhindern."

„Aber er könnte erreichen, dass dir für drei Tage ein Ausweichquartier zur Verfügung gestellt wird, ein Hotelzimmer mit Vollpension vielleicht."

Olaf empfiehlt mir ein Hotelbett? Das heißt, er wird mich nicht aufnehmen. Ich bedanke mich trotzdem und lege auf. Mir ist zum Heulen zumute. Was mache ich nur?

*****

Über mir gongt es. Irene sagt, sie bade im Klang. Im *Klang* baden? Wie soll das gehen? Ich bade im Wasser. Ein Gong in immer gleichem Ton nervt. Doch Irene meint, dass Klänge heilen. Der Gong sei seit tausenden von Jahren ein bewährtes Heil-Instrument. Die Körperzellen, Knochen und Organe werden durch den Klang beeinflusst, indem die Klänge des Gongs vom Ohr durch den ganzen Körper wandern und auf die Gehirnwellen, den Atem und die Herzfrequenz wirken. Spannungen lösen sich und blockierte Energie beginnt zu fließen. Der Klang wirkt sogar auf Krebszellen und beruhigt Geist und Körper des Patienten.

Ich glaube das alles nicht. Aber jeder soll glauben, was ihn glücklich macht. Nur macht mich dieser ewig gleiche Gong überhaupt nicht glücklich. Heute schon gar nicht. Er geht mir regelrecht auf die Nerven, statt meinen Geist und Körper zu beruhigen. Vielleicht liegt das am geplanten Umbau, dass ich derart gereizt bin und mich alles furchtbar stört, was mit Irene zusammenhängt.

Mir tut der Nacken weh und die rechte Schulter. Ich merke, dass ich beide Schultern hochgezogen und mich dabei wohl verkrampft habe. Ich rudere mit den Armen, um den Krampf zu lockern und ziehe die Schultern soweit wie möglich nach hinten. Aber die Schmerzen verschwinden nicht.

Dezember

Gestern war der 1. Advent. Ich habe meine Trittleiter aufgestellt und die vielen Kartons mit dem Weihnachtsschmuck vom Kleiderschrank gewuchtet. Danach war ich derart erschöpft, dass ich nur einige Räuchermännchen aufstellen konnte. Nicht einmal die Zweige brachte ich in die Vase, weil sie unten angeschnitten werden müssen und mir die Kraft fehlt, die dicken Astenden zu teilen. Deshalb lege ich sie einstweilen auf den Balkon. Mein Körper will einfach nicht mehr so wie ich. Altwerden ist eben nicht immer schön.

Heute nehme ich mir die beiden neuen Kisten vor, die mir meine Mutter hinterlassen hat. In einer der Schachteln befinden sich Engel. Ich mag keine Engel und überlege, ob ich sie überhaupt aufstelle. Sie sind himmlische Wesen mit Flügeln, die angeblich von Gott erschaffen wurden und als dessen Boten zu den Menschen gehen. Ich glaube nicht an solche Geschichten. Ich glaube nur an das, was ich sehe und selbst zuwege bringe, an die aktuelle Stunde, an nichts sonst.

Ich besitze zwei wunderschöne Schwibbögen. Den traditionellen mit den zwei Bergleuten, dem Schnitzer und der Klöpplerin will ich ins Küchenfenster stellen, damit man ihn von der Straße aus sieht. In die Stube kommt der große Bogen mit den Chemnitzer Motiven Rathaus, Roter Turm, Opernhaus und Dampflok. Ins Bad hänge ich den Stern. Ich weiß nur nicht, wie ich die Dinger anschließen kann. Im letzten Jahr kümmerte sich Olaf darum.

Ich rufe ihn an und bitte ihn, mir zu helfen.

„Besuche sind derzeit verboten."

„Wieso das?"

„Liest du keine Zeitung? Nur eine einzelne Person darf nahe Verwandte besuchen, falls diese hilflos sind."

„Du bist eine einzelne Person, ich bin deine nahe Verwandte und im Moment ziemlich hilflos."

Olaf schweigt. Ich höre ihn atmen und spüre darin seinen Unmut.

„Du bist alt und gefährdet."

„Wieso gefährdet?"

„Ach, Mutsch! Die Kinder bringen das Virus mit nach Hause und ich könnte dich anstecken."

„Aber womit?"

Anstecken! Er soll meine Schwibbögen anstecken.

„Ach, Mutsch!", stöhnt er noch einmal. „Stell dich nicht so an! Du hast genug Steckdosen und eine Verlängerungsschnur. Das packst du schon."

Im Grunde hat er Recht, trotzdem bin ich enttäuscht, weil er mir nicht helfen will. Nun muss ich das allein zustandebringen.

„Vielleicht besuche ich dich am ersten Feiertag."

„Vielleicht? Was meinst du mit vielleicht? Ich habe wie immer eine Gans für alle bestellt."

„Für wen? Du weißt, dass ich meine Kinder nicht sehe."

Also sehe ich sie auch nicht.

„Und deine neue Freundin?"

„Nadine besucht an einem Tag ihre Eltern und am nächsten ihre Schwies."

„Schwies?"

„Schwie-ger-el-tern!" Er betont jede Silbe. „Ex-Schwies. Die sind schließlich die Großeltern."

„So wie ich von Hugo und Ella", wende ich ein.

„Jetzt mach keinen Stress, Mutsch! Falls Nadine zu ihren Schwies fährt, würde mir Jenny vielleicht die Kinder bringen. Halte mal die Daumen!"

„Das werde ich. Aber ich hatte gehofft, endlich Nadine und ihre Kinder kennenzulernen."

„Du weißt, dass das zur Zeit nicht geht und wegen

233

der Kinder kompliziert ist."

Meint er die Kinder von Nadine oder seine eigenen oder alle zusammen? Ich habe schon von anderen Familien gehört, dass es besonders zum Fest Streit gibt über die Frage, wer wann wen besuchen darf. Und nun kommt noch die Regel hinzu, dass nur ein einziger Besucher erlaubt ist. Gilt das auch für Kinder?

Auf jeden Fall habe ich begriffen, dass Olaf allein kommen wird. Also muss ich beim Fleischer anrufen und die Gans abbestellen. Bei mir gibt es schon immer zum ersten Feiertag Gans mit Rotkraut und Klößen. Das hielt meine Mutter schon so und ich habe diese Tradition übernommen und früher an diesem Tag alle Verwandten eingeladen: Eltern, Schwiegereltern, meine Kinder und deren Familien und die Schwester meines Vaters. Jeder weiß, dass ich gut und gern für viele Leute koche. Doch wir wurden immer weniger. Die Alten starben so nach und nach und die Jungen hatten keine Lust mehr. Karla ging nach Berlin, Jenny fällt weg und damit gleichzeitig die Enkel. Es ist frustrierend. Ich habe für Hugo und Ella trotzdem Geschenke besorgt. Das versteht sich von selbst, sie sind und bleiben meine Enkel, auch wenn ich sie kaum noch sehe.

Die Kinder von Olafs Freundin sah ich bisher nur auf einem Foto, das mir Olaf auf mein Handy schickte. Ich kenne nicht einmal ihre Namen.

„Ich möchte Nadine und ihren Kindern etwas zu Weihnachten schenken."

„Das musst du nicht."

Natürlich nicht, aber ich möchte es gern. Sie gehören ja nun zur Familie.

„Wie gesagt, vielleicht komme ich am ersten Feiertag. Ich gebe dir Bescheid."

Falls Olaf kommt, kommt er also allein und ich werde keines der Kinder sehen. Weder die seiner Freundin noch meine Enkel. Schwer enttäuscht stelle ich das Telefon in die Ladestation. Was ist, wenn auch Olaf nicht kommt und ich das Fest ganz allein verbringen muss? Das ist für mich undenkbar, denn das verstößt gegen die Tradition. Bereits im letzten Jahr hatte Karla keine Lust, mich zu besuchen, weil ihr das *Gedöns* auf die Nerven geht. Mir ist der erzgebirgische Weihnachtsschmuck sehr wichtig und wunderschön sind die kleinen Kunstwerke außerdem. Ich weiß, dass man Kinder für die Welt erzieht und früher oder später loslassen muss. Sie haben ihre eigenen Familien. Doch Weihnachten ist *das* Fest der Familie und alle sollten zusammenkommen und die Zeit miteinander genießen. Muss ich mich damit abfinden, dass ich das Fest künftig ganz allein verbringe? Daran mag ich gar nicht denken.

Für die meisten Leute scheint das Weihnachtsfest Stress zu bedeuten. Sie beschenken unzählige

Verwandte und natürlich vor allem die Kinder. Geschenke gab es bei uns auch, aber immer nur Kleinigkeiten wie ein Spiel und Schokoladenfiguren für die Kinder und einen Kalender für die Erwachsenen. Das lag nicht daran, dass ich wenig Geld hatte, sondern an meiner Einstellung zum Fest. Für mich war der Advent immer besonders entspannt und wunderschön mit all dem Schnitzwerk, den bunten Kugeln an den Zweigen, den vielen Kerzen, dem Räucherduft und den lustigen Liedern aus dem Erzgebirge. Wichtig war immer das Beisammensein der ganzen Familie. Doch das ist nun aus und vorbei.

Karla lebt in Berlin und verachtet den ganzen Rummel um Weihnachten. Olaf hat seine eigenen Sorgen, meine Eltern und die Tante leben nicht mehr und einen Mann habe ich nicht.

Dabei fällt mir Ralf ein, doch diesen unsinnigen Gedanken verscheuche ich sofort wieder.

*****

Der Postbote übergibt mir ein kleines Päckchen. Es ist von meiner Tochter. Darin befindet sich eine geschnitzte Holzfigur: ein Männchen in weißem Kittel mit Mundschutz. Niemals hätte ich mir diese abscheuliche Figur gekauft, die an Krankheit erinnert. Vermutlich findet Karla die Idee witzig und erwartet, dass ich mich für diese Geschmacklosigkeit bedanke. Das ist so typisch für uns. Sie findet immer genau das amüsant, was mich abstößt.

Trotzdem rufe ich sie an.

„Dein Paket habe ich bekommen. Vielen Dank."

„Du magst doch Räuchermännchen."

Ich höre sie kichern und weiß, dass sie weiß, dass mich ihr Geschenk ärgert. Das ärgert mich gleich noch mehr. Erst recht, als sie mir erklärt, dass die Figur einen Virologen darstellt, der weitere Corona-Maßnahmen fordert. Es sei das berühmte Drosten-Männchen, das schwer zu bekommen sei, weil es alle wollen.

„Mag sein. Mir gefällt es nicht."

Nun ist es raus. Karla lacht nun laut. Ihre offene Schadenfreude empfinde ich als abstoßend. Auch ihr Vater freute sich, wenn sich andere ärgerten.

„Ich wünsche dir und deiner sympathischen Freundin ein schönes Fest. Es ist nur schade, dass du nicht kommen kannst."

„Du weißt, dass es nicht geht. Außerdem mag ich das blöde Weihnachtsgedöns nicht. Sei nicht sauer! Wir sehen uns irgendwann."

Und schon hat sie aufgelegt. Meinen Bildband über Chemnitz hat sie offenbar noch nicht bekommen, sonst hätte sie ihn erwähnt. Ich hoffe, dass er ihr gefällt. Für Lotte legte ich ein Taschenbuch mit Kurzgeschichten über unsere Stadt bei.

Ich rufe Olaf an und erzähle vom Gespräch mit

Karla. Doch bevor ich das scheußliche Drosten-Männchen erwähnen kann, räuspert er sich. Das bedeutet nie etwas Gutes.

„Ich kann leider nicht zum Fest kommen."

„Warum?", frage ich, obwohl ich es mir schon denken kann.

„Die Frauen machen Stress wegen der Besuchs-termine mit den Kindern. Ich halte mich da raus."

Er hält sich raus. Das ist so typisch für ihn. Warum sagt er nicht, was er will? Warum fügt er sich, statt einmal kräftig auf den Tisch zu hauen? Er will kei-nen Streit mit Nadine und seiner Ex, aber den Be-such bei mir sagt er ab.

„Jenny lässt meine Kinder nur zu mir, wenn weder Nadine noch ihre Kinder daheim sind."

Jenny hat Olaf verlassen und sollte seine neue Partnerin akzeptieren. Aber das müssen sie selber wissen. Sie fragen mich nicht um Rat, also muss ich meine Meinung wohl oder übel für mich behal-ten.

„Dann komm mit Hugo und Ella zu mir!", schlage ich vor.

„Du weißt, dass das nicht geht. Und Jenny hat es ausdrücklich untersagt."

„Ich verstehe", sage ich zerknirscht, obwohl ich es überhaupt nicht verstehe.

„Tut mir leid. Ich wünsche dir schöne Feiertage."
Schöne Feiertage wünscht er mir. Wie soll das ge-hen so allein? Mir bleibt nichts anderes übrig, als

die Geschenke einzupacken und ihm per Post zu schicken. Und ich bleibe allein. Warum eigentlich? Hat Olaf nicht gesagt, dass nur eine Person zu Besuch kommen darf? Ich bin eine einzige Person, also könnte er mich einladen. Aber er tut es nicht. Ich würde auch für alle kochen. Sehr gern sogar. Doch er will es nicht, weil Jenny es nicht will. Auch Nadine will mich nicht kennenlernen. Keiner wird mich besuchen, keiner will mich sehen. Ich werde zum Weihnachtsfest ganz allein sein. Mir kommen die Tränen bei dem Gedanken und ich frage mich, was ich bei meinen Kindern falsch gemacht habe. Mir ist klar, dass sie ihr eigenes Leben leben müssen, doch so allein ist ein Fest kein Fest.

Ob Ralf auch allein ist?

*****

Es klingelt. Ralf steht vor der Tür. Hat er gespürt, dass ich mich einsam fühle und an ihn denke? Nein, so etwas gibt es nicht. Trotzdem habe ich das Gefühl, dass ihn der Himmel schickt.

„Ich freue mich, dass du da bist! Komm rein!"

Nachdem er seinen Mantel an die Garderobe gehängt hat, umarme ich ihn. Ich kann einfach nicht anders. Ich muss ihn spüren und ihm zeigen, wie sehr ich ihn während der letzten Wochen vermisst habe.

Er umfasst meinen Kopf und küsst mich auf den

Mund. Sofort werde ich rot und weiß wieder, dass die Männer nur das Eine wollen. Doch ich will das nicht! Ich will ihn aber auch nicht wegschicken. Er soll hier bleiben und mir Gesellschaft leisten.

Etwas derber als gewollt schiebe ich ihn zur Seite und bitte ihn, den Stollen anzuschneiden, während ich Kaffee koche.

„Du hast einen wunderschönen Schwibbogen", lobt er.

Stolz lächle ich ihn an, denn es hat mich viel Mühe gekostet, ihn anzuschließen. Nur der Stern im Bad brennt nicht, weil ich keine zweite Verlängerungsschnur besitze. Vielleicht kann mir Ralf dabei helfen?

„Du zitterst ja! Ist dir kalt?"

Jetzt merke ich es auch. Doch kalt ist mir nicht. Ich habe feuchte Achseln und das Gefühl, ein wenig zu stinken. Am liebsten würde ich mich sofort frisch machen, doch ich mag Ralf nicht allein hier sitzen lassen.

Er nimmt mich in seine Arme und mir geht es sofort gut. Ich mag es, wenn er mich so hält. Und doch versteife ich mich aus Sorge, dass er mich noch einmal küssen will.

Wir setzen uns aufs Sofa und ich erzähle ihm, dass ich Weihnachten allein verbringen muss, weil mich keines meiner Kinder und Enkel besuchen wird und ich auch nicht eingeladen bin.

„Dabei habe ich mich so gefreut, einen Festbraten

zu kochen. Für mich allein macht das keinen Sinn."

„Und wenn ich mich bei dir einlade?", fragt Ralf und zwinkert mir dabei zu.

Warum bin ich nicht selbst auf diesen wunderbaren Gedanken gekommen? Ralf ist auch allein. Seine Söhne wohnen weit entfernt und er darf sie sicher nicht besuchen.

Begeistert erzähle ich ihm, was es bei mir traditionell zu essen gibt.

„Früher habe ich am 24. Dezember ein Neunerlei gekocht und am Abend Kartoffelsalat mit Würstchen. Am ersten Feiertag gab es immer Gänsebraten mit Rotkraut und Klößen und nachmittags natürlich Stollen."

„Das hört sich wunderbar an. Darf ich denn kommen?"

Natürlich darf er, soll er, muss er! Endlich habe ich wieder einen Grund, mich auf Weihnachten zu freuen.

„Aber ja!", rufe ich aus. Doch dann fallen mir seine Söhne ein. „Fährst du nicht nach Stuttgart? Oder kommen deine Jungs hierher nach Chemnitz?"

„Weder – noch. Wir haben kein so enges Verhältnis und außerdem gibt es im Moment Ärger."

„Habt ihr euch gestritten?", frage ich mitfühlend.

„Nein. Markus, der Ältere ..."

„Der Schauspieler?"

Ralf nickt.

„Markus hatte eine Festanstellung beim Stuttgarter Staatstheater, schloss sich aber vor zwei Jahren als freier Kabarettist einer Gruppe an, mit der er durchs Land tingelte und sogar im Ausland auftrat." Das klingt interessant. Ich mag Kabarett.

„Im Moment sind wegen Corona keine Auftritte erlaubt, weshalb er überhaupt keine Einnahmen hat. Ein Künstler-Soforthilfeverein sammelt Spenden von Privatpersonen und gibt sie an Bedürftige wie Markus weiter. Das reicht gerade mal, um den Kühlschrank zu füllen."

„Bekommt er kein Arbeitslosengeld?"

Ralf schüttelt den Kopf und erklärt, dass zwar der Antrag auf Hartz4 läuft, doch es wird erst umständlich geprüft, ob er Vermögen oder eine zu große Wohnung hat. Dabei hat er nicht einmal Erspartes. Das wundert mich, denn ich dachte, dass Schauspieler Millionen verdienen und niemals in Not geraten.

„Zu allem Unglück ist ihm im Sommer die Freundin davongelaufen."

„Auch das noch!"

„Aber das ist noch nicht alles." Er räuspert sich. „Er spielte mit zwei Freunden in seiner Wohnung Karten. Das hat ein Nachbar bemerkt und die Polizei gerufen."

„Wieso das? Waren sie zu laut?"

Wieder schüttelt Ralf den Kopf.

„Nein, weil er gegen das Infektionsschutzgesetz

verstoßen hat."

„Beim Kartenspiel?"

„Ein Besucher ist erlaubt, aber nicht zwei."

Also hatte Olaf Recht, als er sagte, dass nur eine Person zu Besuch kommen darf.

„Markus muss als Veranstalter tausend Euro Strafe zahlen, seine beiden Freunde jeweils 250 Euro."

Weil drei Männer in einer privaten Wohnung Karten spielten? Das verstehe ich nicht.

„Masken trugen alle drei nicht. Außerdem saßen sie am Tisch zu nahe beieinander, hielten also den geforderten Mindestabstand nicht ein."

„Warum sollte man daheim eine Maske tragen?"

„Das ist nötig, wenn Besuch kommt."

„Also verhalten wir zwei uns jetzt falsch?"

Ralf blinzelt mir zu.

„Falls das Ordnungsamt klingelt, behaupten wir einfach, wir wären ein Liebespaar." Dann schaut er mich seltsam verdreht an. „Schade, dass diese Behauptung nicht stimmt."

Wusste ich's doch! Er will Sex. Am liebsten würde ich ihn sofort vor die Tür setzen. Aber dann würde er zum Fest nicht kommen und ich bin trotz allem noch immer glücklich darüber, dass er hier ist.

„Markus hatte so viel Geld nicht und bat seinen Bruder um Hilfe."

„Den Journalisten."

„Genau den. Markus forderte, dass Lars diese ungeheuerliche Geschichte in seiner Zeitung veröffentlicht. Doch der zeigte sich erbost darüber, dass sich Markus nicht an die Verordnung hielt und beschimpfte ihn als Querdenker und Verschwörungstheoretiker."

„Als was?"

„So werden die Leute genannt, die keine Maske tragen."

Ich kann das alles nicht wirklich glauben und verstehen schon gar nicht.

„Lars behauptet, sein Bruder sei unsolidarisch und fügt mit seinem Verhalten anderen Leuten Schaden zu."

„Mit dem Kartenspiel?"

„Nein, weil er sich nicht an die Verordnungen hält und deshalb der Lockdown ständig verlängert wird. Lars befürchtet, genau wie sein Bruder nichts mehr zu verdienen." Ralf seufzt und schaut mich betrübt an. „Am Ende haben sie sich im Streit getrennt. Dabei sagte Irmi immer, dass die zwei wie Pech und Schwefel zusammenhalten und durch dick und dünn gehen. Das hat sie trotz der Entfernung immer getröstet." Wieder seufzt er.

Mich durchströmt ein warmes Gefühl, rücke näher an Ralfs Seite und ergreife seine Hand.

„Du bist bei mir immer willkommen."

„Ich bin also am 24. und 25. Dezember bei dir?"

Ich nicke.

Daraufhin verkündet er feierlich: „Und am 2. Feiertag und Sonntag bist du *mein* Gast."

Erstaunt und zugleich erfreut schaue ich ihn an.

„Am 27. Dezember habe ich Geburtstag." Er beugt sich näher und flüstert in mein Ohr: „Und deshalb darf ich mir etwas wünschen."

„Du willst eine Torte."

Er lacht.

„Das auch. Torte ist gut."

„Aber das meinst du nicht?"

Ralf schaut mich seltsam bewegt an und drückt mich so fest an sich, dass ich kaum Luft bekomme. Mit belegter Stimme flüstert er: „Ich will dich!"

Ich weiß sofort, was er meint. Ich weiß auch, dass ich ihm jetzt deutlich sagen müsste, dass ich das nicht will.

„Du sagst gar nichts", flüstert er ängstlich.

Ich mag jetzt nicht antworten, nicht vor dem Fest.

„Lass mir Zeit!", bitte ich ihn. „Wir reden Weihnachten darüber."

Ralf nickt.

„Einverstanden."

Dabei schaut er mich betrübt an. Hat er erwartet, dass ich ihm um den Hals falle? Das macht mich wütend. Am liebsten würde ich ihm jetzt sagen, was ich mir vorgenommen habe, ihm zu sagen. Aber ich bringe es nicht über die Lippen. Ich mag ihn nicht enttäuschen, nicht jetzt, nicht heute.

Wie alt wird er wohl? Er ist Rentner wie ich, also mindestens Mitte Sechzig, vielleicht schon Siebzig.

In diesem Alter ändert man sein Leben nicht mehr so radikal. Ralf hatte bis vor fünf Jahren eine Frau, ich dagegen lebe seit mehr als dreißig Jahren allein und ertrage so viel Nähe nicht. Körperlich schon gar nicht. Daran wage ich nicht einmal zu denken.

*****

24. Dezember. Die Sonne scheint. Frost gibt es nicht und sicher auch keinen Schnee, weil der Winter erst vier Tage alt ist. Ich habe alles vorbereitet und muss nur noch die Bratwürste in die Pfanne geben. Obwohl es erst elf Uhr ist, schaue ich aus dem Küchenfenster, ob Ralf zu sehen ist. Da kommt er!

In mir jubelt es: Siehste woll, da kimmt er! Lange Schritte nimmt er.

Ich winke ihm zu, er winkt zurück. Als er den Fußweg verlässt und die Straße überqueren will, gibt es einen ohrenbetäubend dumpfen Knall und Ralf fliegt gegen das Auto, das hinter ihm steht. Was ist passiert? Eine Frau hat ihr Auto rückwärts in eine Parklücke gelenkt, ohne auf Ralf zu achten. Ein Unfall! Ralf wird verletzt sein! Gleich in Hauspantoffeln laufe ich aus dem Haus und hinüber zu Ralf. „Es ist nichts passiert. Mir geht es gut", beruhigt er mich und breitet wie zum Beweis seine Arme aus.

Die Frau steigt aus dem Auto und schreit: „Haben

Sie keine Augen im Kopf, Sie alter Depp?"

„Ich? Sie haben als Fahrer darauf zu achten, wohin sie fahren, besonders rückwärts, weil da eine ganz besondere Sorgfaltspflicht besteht", entgegnet Ralf ruhig, obwohl seine Stimme zittert.

„Sie Spinner! Als Fußgänger haben Sie ihre Glüsen aufzusperren, statt einfach blind auf die Straße zu latschen!"

Mir bleibt die Sprache weg wegen der derben Worte, mit denen die junge Frau Ralf beschimpft. Sie fragt nicht einmal, ob er verletzt ist.

„Beim Zurückfahren tragen allein Sie die Schuld", ergänzt Ralf ruhig.

Die Frau winkt ab und lacht gehässig.

„Zum Glück habe ich keine Schmerzen. Denn dann hätte ich Sie melden müssen."

„Ich werde *Sie* gleich melden! Rennt mir vors Rad und spuckt große Töne! Geht´s noch?"

Die Frau dreht sich um und geht ins Haus gegenüber. Wohnt sie hier?

„Ich habe Ihr Kennzeichen notiert. Zur Sicherheit!", ruft ihr Ralf hinterher, aber sie dreht sich nicht noch einmal um, sondern hebt ihren Arm und reckt den Mittelfinger ihrer Hand in die Höhe.

Ich habe keine Ahnung vom Verkehrsrecht, doch ich vertraue Ralf. Er ist selbst Autofahrer und kennt sich mit Sicherheit aus.

„So eine Frechheit!", schimpfe ich leise. „Geht es dir wirklich gut?"

Ralf legt seinen linken Arm um meine Schulter, rechts trägt er einen Stoffbeutel, aus dem gelbe Rosen herausschauen. Zwei Stängel haben keine Köpfe mehr, die liegen im Rinnstein.

„Dein Mantel ist ganz schmutzig!", rufe ich aus.

„Das ist nur äußerlich", antwortet Ralf. „Innerlich bin ich heil und endlich bei dir."

Zuerst stoßen wir mit einem Glas Sekt an, bevor ich die Linsensuppe auftrage, die zum Neunerlei dazugehört. Sie soll dem Glauben nach immer für ausreichend Kleingeld sorgen. Dazu gibt es selbstgebackenes Weißbrot und Bier. Der nächste Gang, saurer Heringssalat, steht bereits auf dem Tisch.

„Köstlich!", ruft Ralf bei nahezu jedem Bissen aus und strahlt mich begeistert an, als ich den Teller mit Bratwurst, Kartoffelbrei und Sauerkraut vor ihn stelle.

„Die Bratwurst soll Herzlichkeit und Kraft erhalten, die Kartoffeln das große Geld und das Kraut steht dafür, dass einem das Leben nicht sauer wird. Für die Freude ist das Kompott zuständig."

Ralf lacht. Zum Schluss serviere ich ein Verdauerli. Natürlich habe ich extra einen *Grünen* besorgt. Heute schmeckt er mir sogar.

Ich fühle mich leicht und beschwingt und beginne vor lauter Glück zu singen:

„Mir ham a Nanerlaa gekocht mit Wurscht un Sauerkraut … Puh! Jetzt weiß ich nicht weiter. Ich erinnere mich nur noch ungenau an die Strophe mit dem Stollen."

„Sing!", ruft Ralf und klatscht in die Hände.

„Mir ham a grußn Butterstulln
so lang wie d´ Ufenbank.
Und wenn mer den zamgassen ham,
da sa mer alle krank."

Beim Trararallala des Refrains springt Ralf auf und dreht mich wild im Kreis, dass mir direkt schwindlig wird. Ich klammere mich an ihm fest und lasse zu, dass er mich noch einmal küsst.

Als wir auf dem Sofa sitzen, sagt Ralf: „Stell dir vor, ich hatte auf dem Weg zu dir ein seltsames Erlebnis."

Er erzählt, dass ihn eine junge Frau ansprach, die nachlässig gekleidet war und knallrot gefärbte Haare hatte. Sie könne nicht zurück nach Hause, weil ihr Mann sie rausgeschmissen hätte. Ständig würde er sie verprügeln.

„Oje!", rufe ich aus.

„Sie wusste nicht, wohin sie gehen kann und wollte wissen, ob ich sie aufnehme."

„Aufnehmen? Wollte sie bei dir unterkommen?"

„Offensichtlich."

Fassungslos schüttle ich den Kopf. Man kann doch nicht einfach fremde Menschen ansprechen und fragen, ob man bei ihnen wohnen darf.

„Sie weinte bitterlich und flehte mich an, sie aufzunehmen."

Gespannt warte ich darauf, wie die Geschichte weitergeht.

„Ich habe ihr geraten, in die Klinik zu gehen, wo man ihr helfen würde." Die nahe Klinik ist eine riesige Psychiatrie. „Dabei stellte sich heraus, dass diese Frau bereits Patient dieser Einrichtung ist."

Noch während ich über diese seltsame Begegnung nachdenke, fällt mir der geplante Umbau ein und ohne nachzudenken sage ich: „Mir geht es ähnlich, denn auch ich weiß nicht, wo ich bleiben kann."

„Was meinst du? Hast du ein Problem?"

„Ja, sogar ein großes."

Eigentlich ist mein Problem gar nicht so groß, aber ich weiß nicht, wie ich anfangen und alles erklären soll. Ich suche nach den richtigen Worten, um nicht wie diese verzweifelte Frau auf der Straße zu wirken. Wenn ich Ralf vom Umbau erzähle, wird er vorschlagen, die zwei oder drei Nächte bei ihm zu wohnen und insgeheim seine Chance wittern, mich in sein Bett zu kriegen. Aber das will ich nicht. Und doch sehne ich mich nach seiner Umarmung.

„Woran denkst du?"

Das kann ich nicht laut sagen. Ich fühle Dinge, die ich nie zuvor gefühlt habe und denke Gedanken, die ich nicht denken will. Stehen mir in meinem Alter solche Gefühle und Gedanken zu? Sie führen zu nichts. Mein Leben ist gelebt, ich kann es nicht mehr ändern, in keine andere Richtung lenken.

„Woran denkst du?", wiederholt Ralf.

„An den Umbau."

Nun ist es raus und ich muss ihm Rede und Antwort stehen.

Ralf hört mir aufmerksam zu. Dann lächelt er und ich weiß, was er sagen wird und gleichzeitig weiß ich, dass alles kommt wie es kommt und am Ende gut wird.

Ein kurzer Augenblick hat´s gut mit uns gemeint,
denn die Zeit danach hat uns vereint.

Wolf Dietrich

„Das Hotel meines Mannes" ist ein weiterer Roman der Autorin Petra Weise.

Klappentext: Die Türkin Hanife heiratet den Hotelier Henry und folgt ihm ins Ausseer Land. Erst dort erfährt sie von seinen Frauen und Kindern und merkt, dass sie ihn überhaupt nicht kennt. Soll sie ihn so, wie er ist, akzeptieren oder sich scheiden lassen und zu ihren Eltern zurückkehren?

Petra Weise wurde 1954 in Freiberg/Sachsen geboren und lebt nach zahlreichen Wohnungswechseln durch Hessen und Bayern seit 1993 wieder in ihrer Heimat Sachsen.

Sie liebt das Erzgebirge mit all seinen Traditionen und fühlt sich auch in den Alpen wohl. Wenn sie nicht schreibt oder liest, wandert sie gern durch den Wald oder spielt Klavier.

www.autorinpetraweise.de